Wenn Gefühle toben

Erotische Erzählungen

Eberhard Traum

Wenn Gefühle toben

Vier erotische Gute-Nacht-Geschichten aus der Welt der Träume, von Morpheus beeinflusst. Seine Träume beschäftigen uns mehr, als wir zugeben möchten.

Titelbild:

Bibliographische Information
der Deutschen Bibliothek

Die Deutsche Bibliothek verzeichnet diese
Publikation
in der Deutschen Nationalbibliografie.
Detaillierte bibliografische Daten
sind im Internet über http://dnb.ddb.de abrufbar.

ISBN 9783754307328

Herstellung und Verlag
BoD – Books on Demand, Norderstedt

Gewidmet sei das Buch all denen, die vom Blitz aus heiterem Himmel getroffen wurden oder auf Schleichpfaden dem Zauber der Liebe erlagen. Ob in den Bergen, an der See, in der Luft oder sonst wo auf der Welt.

Es gibt Menschen, die sich durch Zufall verlieben. Andere mit genauer Vorbereitung und exakter Planung. Eine andere Gruppe fällt der Liebe wider Willen zum Opfer und ist sogar erfreut darüber.

Es gibt auch einige, die ganz allmählich in die Liebe hineingewachsen sind und nie zerstörende Stürme erlebten.

Und dann natürlich solche, die den Glauben an die Liebe verloren haben, aber trotzdem von ihr einfach eingeholt und überwältigt wurden.

Zu welchem Personenkreis sich der Eine oder Andere zählt ist zweitrangig, denn allen ist etwas passiert, was das bisherige Leben auf den Kopf stellt.

Es fühlt sich gut an, bringt den Kreislauf in Schwung und lässt alles in einer wunderschönen Farbe, einem anderen Licht erscheinen.

Der Autor

Kapitel

Fernöstliche Feinheiten

Es gibt Männer, die scheuen sich, die Verant-
wortung für eine Frau oder eine ganze Familie zu
übernehmen. Gleichzeitig suchen sie aber die
Geborgenheit bei einer Frau und sind bereit, alles
für sie zu tun. Auch eine Art von Verantwortung.
Vielleicht brauchen Männer gerade solche Frauen,
die jeden Tag zu einem Sonntag machen und nicht
das Gefühl vermitteln, Verantwortung tragen zu
müssen.

Wuchernde Liebesbeweise

Manchmal sind der Blick auf ein Gemälde, in den
Garten oder auf ein Foto, wie auch ein Telefonat,
eine Erinnerung an etwas, was das Leben plötzlich
bestimmt oder verändert.
Egal, man wird aufgewühlt, bastelt sich einen Film
aus der Erinnerung und sieht ihn sich an.
Dann geschieht vielleicht das Unerwartete und die
Erinnerungen werden plötzlich Realität.

Ein tierischer Voyeur

*In manchen Situationen fühlt oder sieht man
Dinge, die es gar nicht gibt. Sie erscheinen einem
real und lassen keinen Zweifel, dass sie existieren.*
*Man ist geneigt, sogar zu schwören, es gefühlt oder
gesehen zu haben.*
*Mit etwas Abstand zu dem Geschehenen zweifelt
man an sich selbst und vergisst alles schnell wieder.*
*Als Realist gibt es keinen anderen Weg, als alles in
die Schublade Träumerei zu verbannen.*
*Sollte es sich aber wiederholen, beginnt sich der
Mensch mit dem Begriff Halluzination zu
beschäftigen, sogar mit Zufall, Zauberei oder
Irrglaube.*

Nicht jeder Test ist erfolgreich

*Es ist erstaunlich, welche Methoden sich manch
unsichere Frau ausdenkt, um sich quälende
Vermutungen bestätigen zu lassen. Ist mein Mann
denn auch treu? Kann ich da ganz sicher sein?*
*Ganz verrückt und abwegig wird dieses Verhalten,
wenn besorgte Mütter ihren Töchtern beistehen
und mit ihren Lebenserfahrungen dabei behilflich
sind, dem Mann eine Falle zu stellen.*
*Geht der „Schuss" nach hinten los, könnte das
vermeintliche Opfer, in dem Falle der Mann,
gestärkt aus der Situation hervorgehen und der
Gewinner sein.*

„WAN- TAN"
Fernöstliche Feinheiten

„Herr Aultman, ein Gespräch für sie!"
„Legen sie es bitte in mein Büro!"
Carsten Aultman eilte an seiner Sekretärin vorbei, um das bereits erwartete Gespräch entgegen zu nehmen.
„Das ist wieder diese Kleinfüßige mit den heißen Lippen", hörte er seine Kollegin flüstern.

„Und ihre haben ein Eiswürfelimplantat", kam prompt die Antwort.
Beleidigte Mienen wurden ihm hinterher geschickt. In seinen Gedanken war er schon viele Stunden voraus, und ein Lächeln überzog sein Gesicht. Entspannt ließ sich Carsten in seinen Bürosessel fallen.
„Aultman!"
„Herr Aultman, es tut uns leid, aber Prim kann heute Abend nicht kommen, sie hat einen anderen Termin. Können wir einen Ersatz schicken?"
„Das ist mistig. Ich möchte Wan-Tan oder gar nichts, und das wissen sie seit zwei Jahren. Ich rufe die nächsten Tage noch mal an. Danke!"

Enttäuscht legte Carsten Aultman den Telefonhörer auf. Wan-Tan war eine ganz besondere Frau.
Sie hieß natürlich ganz anders.

Aber es war der Versuch nicht einsehbar, ihren richtigen Namen Prim Zha Jing Haisien Bao auszusprechen, und sich links vorn auf die Zunge zu beißen. Carsten hätte sie auch Frühlingsrolle nennen können, oder Kroepok, oder sonst was.

Aber alles hätte nicht zu ihrer Zartheit gepasst, und beim ersten Treffen mit dieser Frau rutschte es Carsten einfach so heraus: „Also dann, Wan-Tan!"

Das passte einfach zu ihr, so wie der Reis zu Chop Suey. Sie war eine Köchin von Gottes Gnaden und eine Frau mit ganz besonderen Fähigkeiten. Sie las dem Mann Wünsche buchstäblich von den Augen ab und erfüllte sie mit einer unglaublichen Hingabe und Zartheit.

Sie gehörte zu den Damen, die man für ein fürstliches Entgelt bestellen konnte. Und Carsten Aultman bestellte nur sie.

Vom Abend bis zum nächsten Morgen. Er liebte diese kleine Vietnamesin. So etwa im Rhythmus von drei Wochen kamen beide zusammen. Mehr Zeit ließ ihm der Beruf nicht. Er war einfach zu viel unterwegs.

Und wenn er mal Zuhause war, brauchte er eine Frau, die ihn einfach nur verwöhnte.

Er hätte ja auch heiraten können, die Möglichkeiten boten sich häufig. Aber das glaubte er mit seinem Beruf nicht vereinbaren zu können.

Und nur für reinen Sex hatte er auf seinen beruflichen Reisen mehr als genug Gelegenheiten. Nur Zuhause, da fehlte etwas.

Er liebte es einfach, wenn er in seinen vier Wänden weilte, dass da eine hübsche Frau, mit besonderem Flair, nur für ihn da ist. Wenn sie es dann auch noch verstand, leckere Speisen zuzubereiten und seinen empfindsamen Gaumen damit reizte, machte ihn das zufrieden und glücklich.

Vor allem, wenn sie am Herd stand und er zusehen konnte, wie sie für ihn Überraschungen zubereitete. Aber das Allergrößte war für Carsten, wenn die Frau sehr knapp bekleidet ihren Dienst am Herd versah. Alle diese Wünsche wurden ihm von Wan-Tan erfüllt. Ihr Einfallsreichtum war schier unerschöpflich. Und deshalb war nur sie es, die er begehrte.

Wenn sie vor dem Herd stand und mit dem Spann ihres Fußes an der Wade des anderen Beines langsam rauf und runter fuhr, spürte er förmlich die warme und zarte Haut, wie wenn es sein Fuß wäre.

Wenn Carsten ganz nahe an sie herantrat und die Lippen an ihren Nacken legte, spürte er den betörenden Duft, der sich mit den Gewürzen der Speisen zu einem Aphrodisiakum vermischte.

Es war aber auch noch etwas anderes, was ihn an Wan-Tan so fesselte.

Sie hatte die unglaubliche Gabe, die Muskeln in ihrer wundervollen Vagina so zu steuern, dass Carsten das Gefühl bekam, sie würde an seinem Bambus, wie sie ihn taufte, knabbern, wenn er in ihr war. Das brachte ihn richtig auf Tour und härtete seinen Bambus noch mehr.

Für Wan-Tan eine Belohnung für ihre Kunst und ein Gefühlserlebnis der besonderen Art.

Der heftige Orgasmus bei Carsten und der heiße Strahl seiner Lust machten auch Wan-Tan glücklich. Zumindest zeigte sie es ihm, wenn sie lächelte und mit der Zunge über ihre Oberlippe strich. Sie war eben etwas ganz Besonderes.

Immer noch enttäuscht, blickte er gedankenverloren aus dem Fenster, als das Telefon wieder klingelte.

„Aultman!"

„Wan-Tan ist doch frei für sie. Eben war sie hier und sagte den anderen Termin wegen ihnen ab."

„Prima, ich freue mich."

„Wie immer, Herr Aultman?"

„Natürlich, sie soll den Apartmentschlüssel beim Pförtner holen, der weiß Bescheid. Ich werde gegen 20 Uhr Zuhause sein."

„In Ordnung, wir wünschen ihnen eine schöne Zeit. Sie zahlen wieder auf Rechnung, per Überweisung?"

„Natürlich, wie immer!"

Das machte Carsten immer so, weil er es hasste, an Wan-Tan direkt zu zahlen.

Denn für das Gefühl, eine Frau gekauft zu haben, schämte er sich. Außerdem fühlte Carsten sich dann auch selbst nicht als Bordellgänger.

Er war ganz aufgekratzt und sah auf seine Uhr. Noch vier Stunden. Eine Ewigkeit. Trotz seiner Ungeduld durfte er nicht vor 20 Uhr seine Wohnung betreten, es würde das ganze Programm durcheinander bringen.

Da waren Carsten und Wan-Tan bereits gut aufeinander eingespielt. Aber *was*, und vor allem *wie* würde sie am Abend kochen, war stets die eine spannende Frage.

Die vier Stunden bis dahin heizten Carsten gewaltig auf. Als er den Schlüssel ins Schloss seiner Wohnungstür steckte, vibrierte er sogar etwas vor Erregung.

Dieses Prickeln hätte ihn, nach einigen Jahren in einer Ehe, bestimmt nicht überkommen. So dachte er wenigstens. Das bestätigten ihm auch Freunde und Bekannte, die davon aus erster Hand berichten konnten.

Er hatte sogar schon gehört, wie ein Kollege sich wünschte, dass der Wohnungsschlüssel auch gleichzeitig ein Flaschenöffner wäre. Tür auf, Flasche auf - Ruhe!

Irgendwann wäre die Ruhe sowieso vorbei, so nach zwei bis drei Minuten, denn die geliebte Ehefrau würde fragen: „ ... kannst du mal eben?"

Bis dahin hätte man dann wenigstens eine halbe Flasche Bier getrunken.

Der exotische Duft der asiatischen Küche drang in Carstens Nase. Wan-Tan war bereits voll in ihrem Element. Er packte die langstielige Rose aus und lugte voller Erwartung um die Türecke in seine kleine Küche.

Wan-Tan hatte ihn bereits gehört und verhielt sich abwartend, mit einem Kochlöffel in der Hand, stand sie vor dem dampfenden Wok. Ihr Aussehen und die Bewegungen waren für Carsten bereits ein Teil der Entspannung, aber auch gleichzeitig Anspannung, Freude und Begierde. Ein Ritual. Sie bestimmte dieses Spiel und war eine Meisterin im Arrangieren und Ausüben der Regeln.

Wan-Tan war schlank, zartgliedrig und hatte eine bronzefarbene Haut. Ihr langes, weiches und schwarz glänzendes Haar hatte sie sich praktischerweise hochgesteckt. Sie war nicht sehr groß, sie maß 1.58 Meter und passte zu Carsten mit seinen 1.70 Metern vorzüglich.

Ein Seidentuch war so geschickt um ihre Hüften gebunden, dass nur eine kleine Pobacke zu sehen war.

Das Tuch verdeckte nichts weiter als ihre zarte Haut, die seine ganze Fantasie beflügelte.

Carsten musste mit der Zunge schnalzen, als er auf sie zutrat und konnte, angesichts dieses verführerischen Anblicks, nicht widerstehen.

Er klemmte die dornenlose Rose zartfühlend zwischen ihre Pobacken.

Die kleinen Grübchen auf ihren Pobacken vertieften sich, als sie diese anspannte, um die Rose zu halten.

Lächelnd ergriff sie die Rose, schloss die Augen, roch an ihr und sog den süßlichen Duft ein.

Wan-Tan drehte sich zu Carsten um und hauchte einen zarten Kuss direkt auf seine vibrierenden Lippen.

„Danke für die wunderschöne Rose."

„Wan-Tan, wie lange bist du schon in unserem Reich?"

„Ich weiß nicht genau, ich sehe nicht auf die Uhr. Die Zeit vergeht schneller, wenn ich nur auf dich warte und nicht auf die Uhr sehe."

„Ich mache mich schnell etwas frisch", sagte Carsten ganz aufgeregt und hastete, mit einem leichten Klaps auf ihren entzückenden Po, davon.

Im Bad blickte er mit eingeseiftem Gesicht in den Spiegel: „Wunderbar."

Dabei bildete sich vor dem Mund eine große Seifenblase. Sie zerplatze und hinterließ dabei Spritzer auf dem Spiegel.

Mit den seifigen Händen wollte er die kleinen Spritzer wegwischen, machte aber dabei alles nur schlimmer, und ließ es einfach am Spiegel runter laufen. „Wunderbar."

Aufgeregt, vor Spannung und zittriger Begierde, ging er zu dem herrlich gedeckten Tisch, den Wan-Tan mit viel Fantasie ausstattete.

Sie hatte eine abenteuerliche Tischdekoration gezaubert, eingerahmt von duftenden Kerzen.

Carsten wusste ihre ausgefallenen Ideen zu schätzen und wäre enttäuscht gewesen, wenn es diese Extravaganz nicht gegeben hätte. Eine Karaffe mit Wein stand griffbereit an seinem Platz.

Er schenkte ein, als Wan-Tan zwei Schalen mit der Vorspeise aus der Küche brachte und auf den Tisch stellte. Carsten himmelte sie dabei mit begehrlichen Blicken an.

Sie hatte ihren langen Seidenschal ganz raffiniert um den Hals geschlungen, der mit zwei oder drei Wicklungen ihre wundervollen festen Brüste verdeckte, und auf dem Rücken leicht verknotet war. Dieser Hauch von BH wirkte wie ein Kunstwerk.

Sie öffnete ihr langes schwarzes Haar und ließ es verführerisch über ihre zarten und schmalen Schultern fallen. Sie sah nicht nur bezaubernd aus, sie verzauberte Carsten mit ihren sinnlichen Künsten auch. Wie in einem Märchen.

„Wenn du nicht bald mit dem Essen beginnst, wird es kalt!"

Mit dieser fast gehauchten Ermahnung holte sie Carsten in die Wirklichkeit zurück.

„Natürlich – du hast Recht, mein Engel."

Für Carsten war nach dem Essen vor dem Essen, denn die Nachspeise präsentierte sich ständig lustvoll und sehr ansprechend. Für ihn war das jedes Mal der Hauptgang.

Aber es war nicht nur diese Nachspeise, es war auch die unglaublich grazile Art, wie diese Frau mit Stäbchen ihr Essen bewältigte.

Sie beherrschte diese hohe Kunst meisterlich. Und nicht nur die.

„Wan-Tan, ich weiß, dass du chinesisch gekocht hast, aber wie heißt diese Köstlichkeit?"

„Das Gericht hat eigentlich keinen Namen. Vielleicht nennen wir es San Sein, das kommt dem sehr nahe. Oder Tsum Ka Fok."

„Wahrlich ein Gaumenschmaus", sagte Carsten.

Überraschungen

Plötzlich stand Wan-Tan vom Tisch auf, lief um ihn herum und stellte sich seitlich neben Carsten.

Sachte nahm sie seinen Kopf in ihre Hände, beugte sich dicht an sein linkes Ohr und berührte es mit dem Mund. Ihre weichen Lippen öffneten sich und er merkte, wie sich ihre Zungenspitze, zärtlich drängend, einen Weg in seine Ohrmuschel bahnte.

Wan-Tan überkam der Übermut und sie bewegte rasend schnell ihre Zunge hin und her.

16

Als Carsten kurz vor dem Zerspringen war, krachte es am Ohr und er erschrak.

Reflexartig zuckte sein Kopf zur Seite. Wan-Tan ließ ihn los und saß schon wieder auf ihrem Platz. Ihm gegenüber, freundlich lächelnd.

Er blickte sie erstaunt an, und sie zerbiss mit geöffnetem Mund langsam ein Stück Kroepok.

Er war noch ganz mitgenommen und erregt.

Es soll ihm nie mehr jemand erzählen, dass das Ohr eines Mannes keine erogene Zone wäre. Diese Frau zeigte ihm immer wieder neue Zonen und Möglichkeiten, die Lust des Mannes zu wecken.

Carsten war mit seiner Suppe „San Sein" fertig. Wan-Tan fischte geschickt mit den Stäbchen Stücke aus ihrer Suppenschale heraus.

Plötzlich fiel ihr ein Bambusstück ganz zufällig auf ihr Dekolleté, glitt ganz langsam hinunter und drohte, gleich hinter dem Hauch von BH zu verschwinden.

Sie blickte ganz unschuldig und hilflos, erst auf den rutschenden Bambus und dann auf Carsten.

Er verstand das Spiel und beeilte sich, das Bambusstück aufzufangen, bevor es auf ihrem Schoß landete.

Er angelte es ganz vorsichtig, fast zärtlich, mit den Lippen von ihrem Busen. Wan-Tan drückte kräftig atmend ihre Brüste gegen Carstens Lippen und sog ihre Atemluft leicht hörbar durch den halb geöffneten Mund.

Dass ihr Seidentuch plötzlich zu Boden glitt, und die kleinen festen Brüste freigab, entging Carsten fast.

„Wan-Tan, wie hast du den Knoten auf deinem Rücken geöffnet? Ach, ich will es gar nicht wissen. Du warst ganz unvorsichtig mit deinen Stäbchen, mein geliebter Engel. Das Bambusstück war doch sicherlich ganz heiß?"

„Du hast Recht, ich hätte besser aufpassen müssen."

Welch ein genussvolles Menu, dachte Carsten. Und sie waren doch erst bei der Suppe. Bei der Bambus-Fang-Aktion blickte er notgedrungen nach unten auf Wan-Tans Schoß. Ihre etwas silbrig glänzenden Oberschenkel fesselten seinen Blick.

Das Seidentuch wirkte wie ein endloser Zauber, verdeckte teilweise den wundervoll gebauten Körper und ließ erahnen, welch herrliche Kurven sich darunter verbergen.

Sie bemerkte, wie sich sein Verlangen aufbaute und registrierte mit Freude, dass sich ein wenig von ihrer Scham zeigte, was auch Carsten nicht verborgen blieb.

„Carsten, die Hummerkrabben und die Hühnerbrust", ermahnte sie ihn liebevoll.

„Oh ja, ich erwarte Gigantisches!"

Damit löste Carsten sich wieder von ihr und lief artig auf seinen Platz. Sein Puls schlug enorm.

Diese Frau trieb ihn noch in den Wahnsinn. Am liebsten hätte er das ganze Essen sein lassen.

Aber Wan-Tan war unerbittlich. Sie kochte nun mal nicht gerne umsonst. Außerdem buchte Carsten sie immer inklusive Kochen. Aber diese Art, es zu servieren, war eine eigenmächtige Erweiterung ihrer Abmachung. Was hatte sie noch alles vor? Carsten hob es fast aus dem Stuhl.

„Wan-Tan, was ist das? Mein Gott, ist das scharf!"

„Es ist nicht scharf, es ist pikant!"

So wie sie es sagte, mit ihrer gehauchten Stimme, musste es wohl so sein. Die Schärfe, wie sie Carsten durchströmte, verlagerte sich, beim Anblick seiner Wan-Tan, augenblicklich in andere Regionen. Er nahm einen großen Schluck vom Wein und schenkte gleich nach.

„Möchtest du ein Stück geröstete Ente in Ho-Sien-Soße?"

„Wan-Tan – ich möchte alles. So schnell wie möglich. Danach dann nur noch diesen ..."

„Diesen Nachtisch", unterbrach sie Carsten.

„Ja, gebackene Bananen und Lychees, wahrscheinlich mit Honig", mutmaßte er.

Carsten kannte das bereits von anderen Abenden, die mit chinesischen Köstlichkeiten gestaltet wurden. Und bei Honig dachte Carsten an etwas ganz Besonderes. Bei diesen Gedanken leckte er sich genüsslich mit der Zunge über die Lippen.

Wan-Tan sah es und lächelte so eigenartig dabei, als ob sie die gleichen Gedanken hatte. Carsten wagte gar nicht erst zu fragen und wollte abwarten.

„Wan-Tan, ich wollte die ganze Zeit schon etwas fragen, kam aber noch nicht dazu."
„Bitte?"
„Warum liegt da ein so großes rotes Couvert neben der Kerze auf dem Tisch?"
„Das brauchst du vorm Einschlafen – später. Eine Besonderheit, damit du sanft einschlafen kannst."
„Ich brauche ein Couvert zum Einschlafen? Hm."

Wan-Tan, die irgendwie ihren Seidenschal wieder über ihren Brüsten liegen hatte, ohne dass es Carsten bemerkte, legte nun mit provozierenden Bewegungen ihren Körper frei und baute sich, mit einem Weinglas in der Hand, in ihrer aufreizenden Nacktheit vor Carsten auf.

„Prost – auf einen schönen Abend – und eine ruhige Nacht", sagte sie fast flüsternd.
„Prost, Wan-Tan. Ein noch schönerer Abend? Eine unruhige Nacht wäre mir fast lieber."

Carsten knabberte am Rest der gerösteten Ente mit Ho-Sien-Soße und blickte aus den Augenwinkeln auf das rote Couvert.

Mit grazilen Bewegungen verteilte seine Wan-Tan die letzten Bambussprossen, Schinken und Hühnerbrustteile auf die Teller.

Carsten musste immer schwerer atmen. Nicht, dass er zu viel gegessen hätte, fett war es ja auch nicht, und die Schärfe – na ja. Nein, es war Wan-Tan, die ihm gegenüber am Tisch stand und seinen Teller belegte. Da fiel ihm etwas in ihrem Bauchnabel auf.

„Meine Süße!" Er vergaß sogar Wan-Tan zu sagen.

„Was ist das?"

„Ich weiß nicht! Etwas zum Essen?"

Diese überraschte und gespielte Unwissenheit machte Carsten unruhig.

„Komm' bitte mal", sagte er fast bettelnd.

Sie schlich wie eine Katze um den Tisch und stellte sich ganz dicht vor Carsten. Das Seidentuch, das sie sich eben erst wieder umgebunden hatte, rutschte von den Hüften und entblößte ihre Scham.

Ganz vorsichtig glitt er mit der linken Hand zwischen ihre Beine, umfasste ihre Pobacke, legte den Daumen zwischen ihre Schamlippen und drückte leicht ihren Kitzler, als er Wan-Tan noch etwas näher zu sich zog.

Mit dem Mund nahm er die Olive aus ihrem Bauchnabel, die sie dort mit Gelatine befestigt hatte. Diese Olive schmeckte wie ein Teil von ihr. Carstens Gefühle schlugen Purzelbäume.

Sie entzog sich dem Griff seiner Hand und setzte sich ihm wieder gegenüber.

„Wir müssen zu Ende essen, Carsten."

„Du hast Recht – der Nachtisch wartet."

Carsten kam sich vor wie unter einer Wechseldusche. Aber er musste zugeben, dass es nicht unangenehm war. Wan-Tan hatte eine ganz besondere Art, sich begehrenswert zu machen.

„Möchtest du den Nachtisch vorm Kamin?" fragte sie.

„Eine gute Idee, Wan-Tan."

Sie ging in die Küche, denn die Bananen mussten noch gebacken werden. Derweil setzte sich Carsten in seinen großen bequemen Sessel vorm Kamin, und streckte sich lang aus.

Er schaute noch mal zurück zum Esstisch und sah, dass das rote Couvert noch immer dort lag, was ihn vor Neugier ganz verrückt machte.

Dabei war es doch nur ein ganz gewöhnlicher Umschlag. Er träumte vor dem Kamin und nippte gedankenverloren an seinem Weinglas, als er Wan-Tan kommen hörte.

Sie hielt einen kleinen Teller mit den gebackenen Bananen in der Hand, stellte sich mit dem Rücken zu Carsten, bückte sich ein wenig nach vorn, und stellte den Teller auf das Tischchen neben Carstens Sessel.

Mit leicht gespreizten Beinen stand sie da und erlaubte Carsten einen kurzen Blick zwischen ihren Schenkeln hindurch.

Ihr Seidentuch hatte sie wieder umgebunden, was Carsten zu der Frage animierte: „Musst du denn das Tuch immer wieder umbinden?"
Da glitt ihr Seidentuch beim Bücken von ihrem Po und fiel, ganz langsam gleitend, wie von Geisterhand bewegt, schließlich ganz zu Boden: „Eine schöne Verpackung ist die halbe Freude", säuselte Carsten.

Sie zeigte sich nun wieder in ihrer ganzen prachtvollen Nacktheit. Die knackigen zwei kleinen Pobacken, die gerade die weit geöffneten Hände von Carsten füllten, streckten sich ihm entgegen. Sanft zog er den Hintern zu sich und küsste die nach Jasmin duftenden Pobacken.
Er liebte diese Körperpartie von Wan-Tan besonders, konnte er doch an den Muskelreaktionen die Erregtheit seiner Superfrau erkennen.

Ein Geschäftskollege erzählte Carsten einmal im Scherz, dass er eine Frau kennen würde, die hätte so starke Pomuskeln, dass bei einem Geldstück, das zwischen die Pobacken gerät, die Prägung verschwinden würde. Wan-Tan erzählte er diesen Witz natürlich nicht.

Da wandelte er das um in: Die Kraft deiner kleinen Pobäckchen ist wie eine süße Umarmung.

Wan-Tan kroch im Rückwärtsgang auf den Sessel, auf dem sich Carsten lang ausgestreckt räkelte und legte ihre Beine über seine Schultern. In dieser akrobatischen Stellung griff sie geschickt die Seitenteile seines Bademantels und klappte sie flink über die Sessellehnen.

Er spürte ihren festen Busen auf seinem Bauch und fühlte, wie sein erregter Bambus im Tal zwischen ihren Hügeln eingebettet wurde. Carsten fragte Wan-Tan einmal, warum sie seinen „kleinen Carsten" Bambus nannte.
„Weil man zusehen kann, wie er wächst. Wie beim Bambus eben", sagte sie damals. Allerdings würde es bei seinem „kleinen Carsten" schneller gehen. Amor sei Dank.

Der süße Duft ihres weit geöffneten Schoßes, den er mit seiner Nase berühren konnte, brachte ihn fast um den Verstand.
Als sie ihre Bewegungen etwas verstärkte und es schaffte, mit ihren Brüsten den letzten Rest Beherrschung von Carsten zu beseitigen und ihm den Saft der Begierde entlockte, da huschte ein Lächeln über ihr Gesicht, denn Carsten saugte sich an ihrem Wonnepunkt fest.
Seine Zunge zitterte dabei im gleichen Rhythmus wie ihr Becken. Was für ein Finale, fast synchron.
Wan-Tan hatte sich und Carsten grandios vorbereitet.

Er musste schwer atmen und fühlte sich wie schwerelos, schwebend im siebten Himmel.

Langsam glitt sie an ihm entlang nach unten und stellte sich vor ihm in voller Größe auf.

Carsten war noch ganz schwindelig und er sah alles verschwommen vor sich. Langsam wurde die Sicht wieder klar und er blickte direkt auf die rasierte Stelle über Wan-Tans Lustregion. Die verbliebenen Haare bildeten einen Pfeil, der direkt auf den Wonnepunkt zeigte.

Eigentlich wollte er einfach nur daliegen und den Moment genießen, aber das funktionierte nicht. Der Griff nach ihrer Hüfte ging daneben. Sie entzog sich ihm. Sie sah Carsten an und ihr Lächeln hatte etwas Magisches. Es elektrisierte ihn.

Ihr makelloser Körper glänzte im flackernden Schein des Kaminfeuers und Carsten küsste sie fordernd auf den Bauchnabel.

„War das jetzt nicht alles etwas zu schnell, Wan-Tan?"

„Nein. Jetzt hast du einen freien Kopf, bist entspannt und kannst alles, was nun noch passiert, genießen."

Sie nahm das Seidentuch vom Boden auf und begann damit, die Augen von Carsten zu verbinden. Schon der Geruch des Tuches, das um ihre Hüften geschlungen war, betörte ihn.

„Das gehört zum Nachtisch, Carsten!"

Er war gespannt, was sich Wan-Tan da ausgedacht hatte.

Als sie seine Augen verbunden hatte, sagte sie: „Ich lege mich jetzt vor dem Kamin auf den Teppich.

Suche bitte auf meinem Körper, mit verbundenen Augen und ohne die Hände zu benutzen, die gebackene Banane mit Honig."

Carsten wusste erst nicht recht, wo er seine Hände lassen sollte, kniete sich neben sie und legte die Hände auf den Rücken. Leises Knistern im Kamin und der Geruch von Banane mit Honig auf ihrer weichen Haut, brachten Carsten fast an den Rand der Ekstase.

Langsam und genüsslich suchte er mit der Zunge seinen Nachtisch. Das Zucken ihres Körpers und ihr leises Stöhnen erschwerten die Suche ungemein. Wie sollte er sich da noch länger beherrschen?

Als sie begann, ganz vorsichtig den Gürtel an seinem Bademantel zu lösen, stockte ihm vor Lust der Atem. Er genoss es, den Honig aus ihrem Bauchnabel zu saugen, bis nichts mehr davon übrig war. Langsam folgte er der Honigstraße. Der Bauch von Wan-Tan hob und senkte sich. Bald würde er die Banane finden, und der Fundort würde ihn vollends durcheinander bringen, das wusste er.

Wan-Tan fuhr mit ihrer Hand langsam unter seinen Bademantel, weiter zum Rücken und über seinen Po nach unten.

Ihre weiche und geschmeidige Hand versetzte ihn in eine andere Welt und ließ seine Gefühle schweben.

Es brachte seine Zunge zum Stillstand und er atmete schwer. Sie kniff ihm in die Wade des Beines, das abgewinkelt neben ihrem Körper lag. Sofort suchte seine Zunge weiter. Gefühlvoll führte sie ihre Hand zwischen seine Schenkel. Dabei legte Wan-Tan so viel Geschick an den Tag, dass Carsten glaubte, gleich zerspringen zu müssen.

Ihre Hand massierte zärtlich seine „Juwelen" und sein „Bambus" entwickelte sich, in den Händen von Wan-Tan, schlagartig zu einem starken Typ.

Die Spur des Honigs führte Carsten bis zwischen ihre festen Schenkel.

Er sog den Honig auf und begegnete mit der Zunge einem Bananenstreifen, der sich tarnend zwischen ihren weichen Schamlippen versteckt hatte.

Carsten war wie in Trance und hätte nicht sagen können, ob es nun die Banane mit Honig, oder eine der zarten Schamlippen war, die er erreichte.

Langsam saugend zog er das Stück Banane, sowie den verbliebenen Honig, zwischen den weichen und heißen Lippen hervor.

Er brauchte etwas Zeit, um auch alle Stellen komplett vom Honig zu befreien.

Wan-Tan zitterte vor Erregung, genoss das prickelnde Spiel und drehte sich plötzlich, geschmeidig wie eine Katze, herum.

Carsten, der vor ihr kniete, sank mit dem Po auf seine Fersen. Im selben Moment saß Wan-Tan schon auf seinem Schoß. Sie nahm den Seidenschal von Carstens Augen und er konnte erkennen, wie dankbar sie seine Zärtlichkeiten entgegen nahm.

Dass Wan-Tan seinen festen, aufgerichteten „Bambus" einfach in sich aufnehmen konnte, wunderte ihn nicht. Er stand kurz vor einer gewaltigen inneren Explosion. Gierig nahm Carsten die Pobacken von Wan-Tan in die Hände und bewegte ihr Becken hin und her. Sie drückte sich so fest gegen seinen Körper, dass sich kein Millimeter seines langen Kerls außerhalb ihres Körpers befand.

Sie befahl ihm, mit dem Daumen zusätzlich ihren Kitzler zu massieren und von einer Minute zur anderen fing Wan-Tan zu zittern an. So gewaltig, dass sie sich auf Carsten herum warf.

Er musste sie festhalten, dass sie nicht außer Kontrolle geriet und in irgendeine Richtung umkippte. Ihre langen Haare flogen, wie von einem starken Sturm erfasst, mal in die eine dann in die andere Richtung.

In einem atemberaubenden Orgasmus erstarrten beide gleichzeitig.

Dabei hielt Carsten, erschöpft aber auch ungeheuer zufrieden, Wan-Tan fest an seinen Körper gedrückt.

Die heiße Feuchte zwischen ihnen machte Carsten willenlos.

Es war ein Gefühl, als würde er sich in einem warmen Pudding bewegen. Nirgends war etwas wie Widerstand zu spüren.

Mit sachten Bewegungen brachte sie den Puls von Carsten langsam wieder auf Normalmaß.

Das rote Couvert

Carsten konnte es nicht verbergen, dass er schon wieder auf den Tisch schielte, wo das rote Couvert lag.

„Später, Carsten – später."

Carsten nahm sie in den Arm und sie genossen die Musik, den Kamin, den Wein - und sich. Sie kuschelten und träumten. Vielleicht jeder von etwas anderem, aber beide von etwas Schönem, das war ihnen anzusehen.

Sie saßen eine ganze Weile so da, spürten die wohlige Wärme ihrer Körper. Das Glas Wein war leer, der Kamin glimmte nur noch und die Musik im Radio wurde von den Nachrichten abgelöst. Es war kurz vor Mitternacht.

Da er Wan-Tan ja immer bis zum Morgen buchte, war klar, dass sie irgendwann zu Bett gehen würden.

Carsten musste am nächsten Tag wieder sehr früh aufstehen. Sie blieb gewöhnlich etwas länger liegen.

Als sie vorm Kamin aufstanden, küssten sie sich und Carsten bedankte sich ganz herzlich für den Abend mit den Überraschungen.

„Der rote Umschlag noch", sagte sie fast etwas schläfrig.

„Den Umschlag, den ich vorm Einschlafen brauche?"

„Genau der. Geh schon mal ins Bett, ich komme gleich nach."

Carsten setzte sich auf den Bettrand und wartete. Er war richtig gespannt, was Wan-Tan da noch mit ihm vorhatte. Als sie zurückkam, brachte sie den roten Umschlag mit. Sie setzte sich hinter Carsten, kreuzte ihre Beine vor seinem Bauch, legte die Arme über seine Schultern und umarmte ihn.

Dann öffnete sie hinter seinem Rücken den Umschlag und entnahm eine lange weiche Feder.

Sie zog die Feder über seinen ganzen Oberkörper und berührte seine empfindlichsten Stellen, bis er fast vor Erregung zerspringen wollte. Es war wie das Versetzen in einen Trancezustand, mit der Sicherheit, gleich in einen Tiefschlaf zu verfallen.

Für nichts wollte er sich entscheiden und kämpfte mit aller Kraft gegen das Zerspringen und gegen das Einschlafen.

Wan-Tan raunte ihm ins Ohr: „Ich möchte, dass wir uns küssen und du mir dabei das, was ich dir in den Mund schiebe, wieder zurückgibst. Aber bitte heil.

Der, bei dem das Eigelb im Mund zerplatzt, muss dem anderen einen Wunsch erfüllen."

„Ein Eigelb? Hin und her schieben? Was immer du möchtest, Wan-Tan."

Sie bemerkte, dass Carsten nicht widerstehen konnte und sein Bambus wieder eine beachtliche Größe erreichte, just in dem Moment, als sie ihm „aber bitte heil" ins Ohr flüsterte.

Sie schwang sich um ihn herum und setzte sich erneut auf seinen Schoß. Langsam nahm sie seinen „Bambus" in sich auf und schlang ihre Beine um seine Hüften. Die Hitze zwischen ihren Beinen, ließ seinen „Bambus" ganz leicht in die feuchte Lustregion gleiten.

Sie ließ ein rohes Eigelb aus einem Glas in ihren offenen Mund gleiten, und legte ihre Lippen auf Carstens Mund.

Die Bewegungen von Wan-Tan wurden heftiger und sie küsste ihn, wie er das noch nie erlebte. Beide begannen zu stöhnen, konnten aber die Lippen nicht voneinander lösen, denn das rohe Eigelb, dass Wan-Tan ihm in den Mund schob und er wieder zu ihr zurück, wäre sonst wo gelandet. Das ging ein paar Mal hin und her.

Ihr Becken kreiste immer schneller und schneller, und Carsten wurde immer erregter.

Der gigantische Orgasmus durchschüttelte Carsten dermaßen, dass sein ganzer Körper für Sekunden steif wurde und er die Kontrolle über sich verlor.

Das Eigelb war ihm in seinem Mund zerplatzt und verteilte sich im Mundraum. Ein wenig vom Eigelb lief Carsten aus den Mundwinkeln. Wan-Tan lächelte ihn an und wischte sich mit ihrer Zunge über die Oberlippe.

Erschöpft und erleichtert lagen beide aneinander geschmiegt auf dem Bett und schauten sich wortlos an. Sie hielten sich fest, als wollten sie sich nie wieder trennen.

Am nächsten Morgen, Carsten war noch etwas verschlafen, sagte er zu Wan-Tan: „Ich werde auf Geschäftsreise sein, aber in vierzehn Tagen bin ich zurück. Ich rufe dich an. Denk' aber bitte daran, dass wir genug rote Umschläge und Eier im Haus haben."

Beim Verlassen der Wohnung murmelte Carsten vor sich hin: „Aber wahrscheinlich sind von dieser unglaublichen Frau, mit den wahnsinnigen Fantasien, wieder ganz andere Überraschungen geplant."

Das freundliche Lächeln von Wan-Tan konnte er nicht sehen. Carsten lief die Treppen nach unten, eigentlich war es mehr ein Stolpern, und hauchte es fast: „Wunderbar!"

DER FLIEDERWALD
Wuchernde Liebesbeweise

Es war Anfang April, eigentlich zu warm für die Jahreszeit, fast schon Sommer. Thomas Grimm stand am Wohnzimmerfenster und blickte in den Garten. Nachdenkliche Minuten des Schweigens.

Plötzlich lief er in den Flur, nahm sein Handy und rannte die Treppe im Haus nach oben, bis unters Dach, wo er sich dann auf dem Dachgarten an das Geländer lehnte, sich nach vorn beugte und nach unten in den Garten schaute.

Er wusste, dass er von hier oben den besten Blick hatte, um seinen vor fast zwanzig Jahren angepflanzten Fliederwald zu betrachten.

Nun stellte er fest, dass der Wildwuchs bei seinen geliebten Fliederbüschen entfernt werden musste. Das Bild, das er vor so langer Zeit anpflanzte, war fast nicht mehr zu erkennen. Langsam kamen ihm die Erinnerungen zurück.

Er wählte die Telefonnummer seiner Gärtnerei und machte einen Termin aus, um die Arbeiten in Angriff zu nehmen und das Bild wieder herzustellen.

Auslöser für diese Aktion war ein Telefonat, das Thomas etwa eine Stunde vorher führte. Es brachte ihn in Aufruhr.

Der Anrufer war Maren Umpel, seine große Liebe. Und mit Maren hatte dieser Fliederwald eine ganze Menge zu tun.

Mit einer Riesenüberraschung wollte Thomas ihr damals einen Heiratsantrag machen. Es musste etwas ganz Außergewöhnliches sein. Etwas, was seine Maren nicht mehr vergessen sollte.

Ein glückliches und gemeinsames Leben lang. Aber alles kam ganz anders. Wie so oft im Leben. Etwas, was sich nie vorausberechnen lässt. Thomas musste damit leben.

Maren hatte ihn vor etwa zwanzig Jahren verlassen – nur für ein paar Monate, hieß es damals. Aber nun war diese ganze Vergangenheit Makulatur, denn Maren meldete sich zu einem Besuch an. In zwei Wochen wollte sie kommen.

Noch genügend Zeit, um an seinem Fliederwald vom Gärtner Hand anlegen zu lassen. Es war übrigens der gleiche Gärtner wie vor vielen Jahren, der sich noch genau daran erinnern konnte.

Thomas erzählte ihm noch, wer sich zu Besuch anmeldete. Als der Gärtner das hörte, eilte er nur so zu Thomas und verkündete ihm freudig, dass er diesmal keine roten Folienbänder und auch keine weißen Netze bräuchte.

Thomas bewunderte in jedem Frühjahr die Pracht im Garten, die von Jahr zu Jahr zunahm.

Es brauchte viel Pflege, seinen Fliederwald zu dem zu machen, was er für lange Zeit war.

In jedem April ein in voller Blüte stehendes Herz. Wenn er dann oben auf seinem Dachgarten stand, der Wind leicht über die Fliederbüsche glitt, sah das Herz aus, als ob es leben würde. Es pulsierte.

Die kleine Bank in der Herzmitte brauchte dringend einen neuen weißen Anstrich. Diese Bank mit Marens Namen und einer Lilie in der Rückenlehne hatte eine ganz besondere Bedeutung für Maren und Thomas.

Ein bisschen ließ das mit der intensiven Pflege nach, als Maren ihn verließ. Und die Großmutter, die sich immer kümmerte, war nicht mehr.

Nun wollte Thomas den Wildwuchs in den Griff bekommen. Und das für immer. Thomas hatte nie wieder so ein Gefühl für eine andere Frau empfunden, für die es gelohnt hätte, eine gemeinsame Zukunft zu planen. Verschiedene Freundinnen hatten alle nicht die Klasse seiner Maren.

Der Gärtner ging ganz besonders liebevoll an seine Arbeit. Der Flieder stand kurz vor dem Aufbruch der Blüten, also war Sorgfalt geboten, denn die Zeit für eine Radikalkur an den Büschen war eigentlich vorbei.

Der Gärtner und auch Thomas hofften auf ein Gelingen und dass die Büsche nicht das Konzept verdarben, also die „Grätsche" machten.

Der Gärtner hatte seine Arbeit, und Thomas wollte seine Hände auch nicht in den Schoß legen. Er musste die Zeit nutzen, alles zu tun, damit seine Maren die angekündigte Überraschung von vor zwanzig Jahren endlich erleben konnte.

Thomas wusste zwar nicht, ob es noch Sinn machte nach so langer Zeit, aber er wollte beweisen, dass seine Ankündigung und sein Versprechen von damals keine leere Phrase war. Er wollte einfach, dass Maren das weiß. Und seine Überraschung beschränkte sich nicht nur auf das Fliederherz.

Thomas nahm sich einen Eimer warmes Wasser und Putzmittel, einen Schwamm, eine Menge Lappen und den Staubsauger.

Er ging die Treppe nach oben bis zum Zwischengeschoss und öffnete die Tür zum ehemaligen Zimmer seiner Großmutter, das er die ganzen Jahre nicht gebraucht und nur gelegentlich betreten hatte.

Er hatte es damals ganz in weiß für seine Maren eingerichtet. Nun musste er den Staub der Jahre entfernen. Nach einer Stunde kam Thomas wieder aus dem Zimmer, mit Schweißtropfen auf der Stirn.

Die Arbeit mit dem Putzeimer schien ihn doch etwas angestrengt zu haben. Zufrieden lächelnd zog er die Tür hinter sich zu.

Die große alte Holztreppe, die er jetzt nach unten ging, hatte über all die Jahre nicht ihren knarrenden Ton verloren.

Thomas hörte es schon fast nicht mehr. Aber jetzt, nachdem der Anruf von Maren so viele Erinnerungen aufwirbelte, durchzog Thomas ein kleiner Schauer, als er Stufe für Stufe nach unten nahm und eine dieser Stufen besonders laut stöhnte.

Er erinnerte sich daran, dass er dieses Gefühl auch hatte, wenn er früher mit Maren des Nachts nach oben schlich. Vorbei an Großmutters Zimmer.

Die ersten Minuten saß er dann meistens ganz still in seinem Zimmer, abwartend, ob Oma wach geworden war. Oft genug war das nämlich der Fall.

„Thomas - bist du wieder da?"

„Ja, Oma, ich bin zurück. Alles in Ordnung!"

„Hast du noch Besuch? Es klang so, als ob da mehr als einer nach oben gegangen wäre", sagte die Großmutter dann.

Tief durchatmen war da die einzige Möglichkeit, einer Diskussion zu entgehen.

Manchmal glaubte er, dass seine Maren einen roten Kopf bekam. Sehen konnte er es nicht, da das Haus komplett im Dunkeln lag.

Aber spüren konnte er es, wenn er ihre heißen Wangen in seine Hände nahm, um sie zu küssen.

Auf der einen Seite, um sie zu beruhigen und die Scheu zu nehmen. Auf der anderen Seite wegen der Erleichterung, dass Oma keine weiteren Fragen stellte.

Manchmal, wenn er daran dachte, nahm er sein Mädchen huckepack, damit es nach einer Person klang, die auf der Treppe nach oben ging.

Thomas sah sich in diesen Moment zurückversetzt und erlebte alles wie im Jetzt, als die Stufe unter seinen Füßen ächzte.

Ganz nah waren seine Erinnerungen plötzlich, und Thomas setzte sich auf die unterste Stufe. Er stützte seine Ellbogen auf die Stufe hinter sich und streckte sich genüsslich lang aus.

Da saß er nun, betrachtete alles wie in einem Theaterstück und was damals vor der ersten Stufe der Treppe passierte, die sie mit weniger Knarren bewältigen wollten.

Maren mochte eigentlich diese Auftritte gar nicht, aber auf ein Zusammensein mit Thomas verzichten – nein, das nun auch wieder nicht.

***

„Thomas, weshalb machen wir eigentlich wegen deiner Oma einen solchen Aufstand? Sie kann doch ruhig wissen, dass wir zu dir aufs Zimmer gehen. Wir sind doch alt genug?"

„Aber wenn ich weiß, dass sie wach und über den Besuch meiner Freundin informiert ist, dann weiß ich, dass ich nicht ruhig bleiben kann.

Es macht mich nervös. Außerdem geht Oma schon mal neugierig auf Wanderschaft."

„Glaub' ich nicht! Sie wird doch nicht so indiskret sein? Probieren wir das doch einfach aus!"

Maren schien daran Gefallen zu finden, ertappt zu werden, und tat auch alles, um – so rein zufällig – Omas Aufmerksamkeit zu erregen.

„Kann es sein, dass wir, wenn du mich huckepack nimmst, nicht das Knarren durch vier Beine verursachen?", fragte mich Maren.

„Das wird es nicht ausmachen. Maren, was machst du da?"

Sie streifte ihre Schuhe ab, zog ihren Pulli aus und stand unversehens, nur noch mit einem Slip bekleidet, vor mir.

„Weniger Kleidung, weniger Gewicht. Und du, Thomas, was ist? Erwartest du etwa, dass Oma einen Schock bekommt? Es ist doch fast dunkel. Vom Vollmond kommt der einzige Lichtstrahl, der durch die Fenster dringt. Mach schon!"

Maren war fest entschlossen. Sie knöpfte mir das Hemd auf und es flog in irgendeine Ecke des Flures. Sie presste ihre festen Brüste gegen mich. „Ist das ein Argument?", flüsterte sie leise in mein Ohr.

Ihre Überzeugungskraft war enorm. Ich dachte einen Moment tatsächlich daran, dass weniger Last auf den Stufen ... - aber nur durch fehlende Kleidung?

Weibliche Logik ist manchmal umwerfend. Marens fordernde Handgriffe zeigten Wirkung, und ich war plötzlich ebenfalls nackt.

Der große Handlauf des Treppengeländers lagerte am Anfang der Treppe auf einem dicken Pfosten, der den Durchmesser einer großen Bratpfanne besaß.
Maren hatte den Pfosten bereits erklommen, saß auf ihm und legte ihren Oberkörper nach hinten auf den Handlauf. Dieser hatte die Form einer Rinne und war mindestens 20 Zentimeter breit.
„Halt mich fest, Liebster!"

Durch das Treppenfenster drang das Mondlicht und Marens Brüste warfen kleine Schatten auf ihren Bauch.
Natürlich hielt ich sie fest. Ihre Beine lagen über meinen Schultern. Ihr Duft ließ meine Vorsicht schwinden und machte mich zu ihrem Werkzeug. Meine Fantasie wurde mobilisiert.
Als ich ihr mit der Nasenspitze die aufregend duftenden Härchen zwischen ihren Schenkeln zerteilte und neugierig mit der Zunge die Umgebung abtastete, zog sie hörbar Luft durch ihre Zähne. Dann atmete sie ganz langsam wieder aus.
„Thomas…, mach's noch mal – bitte!"
Der plötzliche feste Druck ihrer Oberschenkel gegen meine Ohren, war wie eine Belohnung für meine zärtlichen Bemühungen.

Ich bekam fast Panik, etwas zu überhören.
Ich biss ihr mit sanfter Gewalt in ihre warme,
weiche Scham und befreite mich aus ihrer
Umklammerung. Leise waren wir beide nicht,
aber mein ängstlicher Blick nach oben ins
Zwischengeschoss war unbegründet.

„Thomas – Liebster, nimm mich in den Arm,
trage mich bitte nach oben, bevor du vielleicht
in einem Astloch hängen bleibst und dich
verletzt oder nicht mehr raus kommst."

Beide mussten wir kichern, denn diese alte
Treppensäule aus Holz hatte tatsächlich
Astlöcher in einer Höhe, die mir hätte
gefährlich werden können. Was für ein Scherz,
jetzt an so etwas zu denken.

Wenn Großmutter eine Nachricht für mich
hatte und sie zu Bett ging, rollte sie den Zettel
zu einem Röllchen und zwängte ihn in dieses
Astloch. Das schaute dann gut sichtbar hervor
und ich konnte ihre Nachricht entnehmen,
wenn ich nach Hause kam. Dieses Astloch war
wie ein interner Briefkasten.
Meine Anspannung war in der Dunkelheit
zwar nur zu erahnen, aber man konnte drauf
wetten. Maren und ich hatten beim Sex immer
Spaß, und machten oft Witze dabei. Bei
unseren Gesprächen musste auch nie einer die
Wünsche des anderen erraten. Wir waren sehr
offen und das Wort Tabu gab es nicht.

Ich hob Maren also vorsichtig vom Sockel, sie umschlang mich und glitt langsam an mir herunter, wobei sie meine aufrechte Anspannung fühlen konnte und sie Stück für Stück in sich aufnahm.

„Es ist kein Astloch – Liebster."

Ich konnte nicht darauf antworten, denn sie küsste mich heftig und hielt mich fest umklammert, damit wir nicht getrennt wurden. Ihre Pobacken lagen in meinen Handflächen.

Als ich vollständig in ihr eingetaucht war, kämpften unsere beiden Zungen um einen freien Platz im Mund des anderen. Mit langsamen und sicheren Schritten trug ich Maren die Treppe nach oben in mein Zimmer. Die Treppe hätte nicht eine Stufe mehr haben dürfen.

Diese leichten wiegenden Bewegungen waren so intensiv, dass es uns beiden schwer fiel, das Gleichgewicht zu halten. Die enorme Feuchte unserer körperlichen „Steckverbindung" brachte uns an den Rand der Ohnmacht, entzog uns die Kräfte.

Dann musste ich Maren gegen die Wand drücken, um nicht das Gleichgewicht zu verlieren. Die Glieder wurden für wenige Augenblicke völlig steif und beide erlebten wir einen gewaltigen Orgasmus.

Am nächsten Tag musste ich mir von meiner Großmutter anhören: „Junge, musst du denn Nachts immer so laut nach oben poltern?"

Und ich hätte schwören können, dass wir nicht zu hören waren, weil wir schwebten.

***

Thomas stand von der Treppe auf und, nun traf es zu, er schwebte ins Wohnzimmer, obwohl seine Ellbogen etwas schmerzten.

In einer der Schubladen des kleinen Sideboards lag eine Schachtel, die er von ganz hinten nach vorn holen musste.

Er verzog etwas die Mundwinkel und steckte sich die Zigarettenschachtel in die Brusttasche seines Oberhemds. Diese Schachtel mit Zigaretten hatte Maren ihm mal vor vielen Jahren geschickt. Damals hatte sie jede Zigarette mit dem Abdruck ihrer Lippen am Filter versehen. Ihr roter Lippenstift war noch immer dran, nach all den Jahren. Dass Thomas die Zigaretten nicht geraucht hatte, lag allein daran, dass er das Rauchen einstellte. Wenn Maren bei ihm sein würde, wollte er die Zigaretten hervorholen und an alte Zeiten erinnern.

Auf dem kleinen Zettel in der Schachtel stand: Du sollst immer an meinen Lippen hängen. Thomas nahm den Zettel heraus.

Das erschien ihm nach der langen Zeit etwas unpassend und legte ihn in eine Schachtel, mit der Bezeichnung Krimskrams.

Er wollte etwas ausruhen, setzte sich in einen Sessel und gab sich den Erinnerungen hin. Diese zwei Wochen werden wohl nie vorbeigehen, oder sehr schnell, überlegte er. Er lehnte sich in den Sessel zurück und schwelgte weiter in Erinnerungen.

Plötzlich war auch der Schmerz über den Verlust seiner Großmutter wieder ganz frisch. Thomas hatte die meiste Zeit seines noch jungen Lebens bei ihr verbracht, da seine Eltern beide bei einem tragischen Unfall ums Leben gekommen waren, als er kurz vor der Volljährigkeit stand.

Ein paar Tage nach seinem 24. Geburtstag verstarb seine Oma, die er so liebte. Er war der einzige noch lebende Nachkomme. Ganz oben unters Dach, dort wo Thomas sein kleines Reich hatte, zog es ihn damals hin, um allein zu sein in seiner Trauer. Er stand auf dem Dachbalkon, der zu seinem Zimmer gehörte und sah nach unten in den Garten. Er sah mehr als verwildert aus. Da er das ändern wollte, kam ihn ein Gedanke. Erstens gehörten das Haus und alles drum herum jetzt ihm, zweitens würde er gern mit jemandem zusammen in dem Haus wohnen.

Da lag es nur nahe, dass er dafür etwas tun wollte. Eine Überraschung für Maren, seine große Liebe, sollte es werden.

Und als Romantiker kam ihm die Idee, Maren mit einer Überraschung zu konfrontieren und sie zu fragen, ob sie seine Frau werden wolle. So richtig offiziell.

Beseelt von seiner Idee, die er glaubte, nicht rasch genug in die Tat umsetzen zu können, erklärte Thomas das Vorhaben seinem Gärtner, der davon ebenso begeistert war. Er empfahl einige Änderungen, was aber auf die Gesamtkonzeption keinen großen Einfluss hatte.

Thomas zeigte ihm damals, auch vom Dachbalkon aus, wie er seine Idee verwirklicht haben wollte. Die Vorstellungskraft des Gärtners reichte aus, denn außer Unkraut und Wildwuchs störte nichts das Gesamtvorhaben.

Es war praktisch ein Neuanfang auf Brachland. Ein weißes Blatt Papier für eine Skizze reichte aus.

„Sehen sie, dort unten vor der Terrasse, dort soll die Spitze des Herzens auslaufen", sagte Thomas.

„Herr Grimm, ich hätte eine Idee wie wir es farblich arrangieren, da jetzt keine Blütezeit ist und sie so lange ja nicht warten wollen.

Für den Herzrand, der mit lila blühenden Fliederbüschen gestaltet werden soll, werden wir ersatzweise kleine, leuchtend rote Folienbänder an den Ästen befestigen.

Das Herzinnere, wo die weißen Fliederbüsche sitzen sollen, werden wir mit einem weißen Netz überspannen!"

„Hört sich gut an. Und im April wird das Herz in voller Blüte stehen. Und genau da wollen wir heiraten. Für den Heiratsantrag machen sie das mit ihren Folien und Netzen.

Wann können sie loslegen?"

„Wenn das Wetter hält, können wir übermorgen damit beginnen."

„Prima!"

Natürlich hatte das Wetter damals nicht gehalten.

Es wurde vom Gärtner alles vorbereitet, bloß pflanzen konnte er nichts. Und so lange würde auch nichts aus dem Antrag an Maren.

Der Wunsch, eine Familie zu gründen, musste wegen Wetterproblemen verschoben werden. Es war schwer für Thomas, Maren auch nur einen Tag länger als nötig, nichts von seiner Überraschung zu erzählen.

Maren platzte vor Neugier, denn dass da etwas vorging im Garten von Thomas, blieb ihr nicht verborgen. Sie verstand auch nicht, dass Thomas ihr das nicht zeigen und erklären wollte.

Nach zwei Monaten bekam sie ein Angebot ihres Arbeitgebers, für sechs Monate ins Ausland zu gehen, als Aufbauhilfe in der neuen Firmenfiliale.

Es passte genau in ihre Gedanken, die sie wegen Thomas quälten.

Seine plötzliche Zurückhaltung und die Verschiebungen notwendiger Arbeiten, für eine gemeinsame Zukunft, machten sie nachdenklich. Sie wollte sich über alles klar werden und begrüßte es, ein paar Monate Distanz zu Thomas zu bekommen.

Einen Monat, bevor Thomas seine Überraschung präsentieren wollte, packte sie die Koffer und verließ ihn. Nur für ein paar Monate, wie sie sagte.

Thomas und Maren hatten Diskussionen über ihr Verhältnis geführt, worüber Thomas sehr gekränkt war und stur reagierte.

So hatte er seine geplante Überraschung für sich behalten und musste sich später über sein Verhalten sogar ärgern.

Der Gärtner hatte eine wunderbare Arbeit geleistet und Thomas war über das Ergebnis sehr erfreut. Gerade weil es jetzt, ohne Folienstreifen und weißem Netz, vom Dachbalkon aus zu bewundern war. Das Herz war von oben wunderschön zu erkennen.

Neben dem Pfeil, der mit gelbem Ginster gestaltet wurde, führte ein kleiner Pfad bis zur Herzmitte. Der Ginster setzte sich als austretende Pfeilspitze am Herzrand fort. Alles war umsonst und für niemanden nützlich. Nur der Garten war jetzt gepflegt und schön anzusehen.

Der Clou war die kleine weiße, nostalgische, eiserne Ruhebank, die in der Mitte des Herzens stand. Diese Bank, die er schon früher für Maren besorgte, weil sie ihr so gut gefiel, hatte viele Ornamente und kleine Bögen, Kringel und allerlei Verästelungen. In der Mitte der Lehne ließ Thomas den Namenszug Maren einarbeiten.

Thomas wartete sehr lange auf Maren. Am Anfang jagten sich die Briefe, mit allerlei Schwüren und Versprechungen, aber nach einem Jahr wurde es beängstigend weniger. Maren wurde für zwei weitere Jahre verpflichtet, und sie blieb.
Irgendwann hörten die Briefe dann auch auf, sich zu jagen.

Ende einer Sehnsucht

Noch eine Stunde bis Maren endlich wieder das Haus betreten würde, das sie vor zwanzig Jahren nur ganz kurz, nach dem Tod von Thomas` Großmutter, inspizieren konnte.
Thomas stand auf dem Dachbalkon und bewunderte die Pracht, die sich unter ihm entfaltete. Der Flieder stand in voller Blüte, wie verabredet. Der lila Rand, das weiße Innere, der gelbe Pfeil aus Ginster. Es sah einfach überwältigend aus.

Zwanzig Jahre Wachstum und die intensive Arbeit des Gärtners machten aus dem Fliederwald ein gigantisches Blütenmeer. Der Duft drang bis nach oben zum Dach und konnte betrunken machen.

Thomas konnte sich das vor zwanzig Jahren zwar vorstellen, aber das heutige Ergebnis übertraf bei weitem seine Vorstellung. Er war glücklich und zufrieden.

Sein Gärtner hatte eine große Leistung vollbracht. Und die Büsche nahmen den großen Schnitt und die Arbeiten nicht übel. Sie blühten wie auf Bestellung und es machte den Eindruck, als ob die Büsche ihm helfen wollten, zum Erfolg zu kommen.

Wie sollte er Maren begegnen? Ganze Reden und viele Fragen hatte er sich zurechtgelegt. Eine Menge Themen überlegte er, es durfte ja kein Stillstand im Gespräch entstehen.

Vielleicht war man sich fremd geworden, hatte man sich doch so lange nicht gesehen, und nicht einmal Briefkontakt gehabt. Thomas Kopf war angefüllt von allerlei Dingen, alle im Zusammenhang mit Maren. Maren, seine einst große Liebe, der er alles unterzuordnen bereit war. Bis heute.

Ob Maren das wissen sollte?

Diese Frage konnte er abschließend nicht mehr behandeln und klären, denn die Klingel an der Haustür riss ihn heraus aus den Gedanken. Es musste Maren sein.

Rasch lief er die Treppenstufen nach unten und rief bereits von der untersten Stufe: „Ich komme!"

Seine ganze Aufregung legte sich urplötzlich und wich einer ganz normalen Anspannung, die man eben hat, wenn man einen lieben Menschen zu Gast empfängt. Es war plötzlich etwas völlig Normales.

Er ergriff die Türklinke, räusperte sich noch einmal, aber der Kloß im Hals, den er vorher noch zu fühlen glaubte, war gar nicht vorhanden. Reine Einbildung. Er öffnete die Tür und blickte in Marens Augen.

Sie hatte sich überhaupt nicht verändert. In weniger als einer Sekunde erkannte er all das wieder, was sich vor zwanzig Jahren verabschiedete. Maren war wohl nie weg gewesen. Sie fiel ihm um den Hals, gab ihm einen Kuss und sagte ihm dicht am Ohr: „Ich freue mich so."

„Komm herein, Mumpel."

Thomas sagte das, so wie er das immer tat, ganz automatisch. Zusammengesetzt aus Maren Umpel, bastelte er damals ihren Kosenamen.

Ihre Gangart hatte sich in all den Jahren überhaupt nicht verändert. Aufreizend und in ihrem Hosenanzug eine Augenweide.

Wenn Maren ganz gut drauf war, erinnerte er sich nun, hatte sie unter ihren Hosen, Kleidern und Röcken einen klitzekleinen Slip an.

Der zeichnete sich nur leicht ab und ihre Catwalk-Schritte verführten jeden zum Hinschauen. Auch Thomas konnte sich dem nicht lange widersetzen.

Und nun tat sie es wieder, lächelte, ging in die Küche, und legte ihre Handtasche auf den Tisch.

„Du hast meinen Kosenamen nicht vergessen?"
„Wie geht es dir?", fragte Thomas etwas irritiert, weil Maren so tat, als wäre sie jeden Tag bei ihm.
„Gut, Toggi – gut. Wo steht denn der Kaffee?"
„Dort oben im Hängeschrank. Du hast ja meinen Kosenamen auch noch nicht vergessen."
Diese Bemerkung ignorierte Maren komplett.
„Ich freue mich jetzt auf eine Tasse Kaffee, Kuchen habe ich mitgebracht. Liegt aber noch im Auto. Kannst du ihn holen?"

Maren reichte Thomas den Autoschlüssel, der ihn wortlos und völlig verdattert nahm und zu ihrem Auto ging, um den Kuchen zu holen. Auf dem Weg dorthin zischten ihm tausend Sachen durch den Kopf.

Aber das einzig Verwertbare war die Erkenntnis, dass Maren noch immer eine faszinierende Frau ist.

Und sie war drauf und dran, seine ganze Planung über den Haufen zu werfen.

Wenn sie jetzt noch auf den Gedanken kommt, ihm sogar zuvor kommt, etwas über ihr ehemaliges Verhältnis zu sagen - nicht auszudenken.

Sollte die Überraschung für Maren ein zweites Mal daneben gehen? Im Auto traute Thomas seinen Augen nicht, denn auf dem Rücksitz lag ein Slip.

Der konnte eigentlich nur von Maren sein. Sie mochte die Farbe Aubergine besonders. Und der Slip hatte diese Farbe.

Thomas legte das kleine Kuchenpaket auf den Küchentisch und den Schlüssel von Marens Auto in ihre Handtasche – einfach so.

„Was mache ich da?", flüsterte er zu sich selbst. Er begriff einfach nicht, was hier passierte. Maren übernahm die Initiative und Thomas reagierte wie ein Automat.

„Der Kaffee ist gleich durch. Ich habe dir was mitgebracht. In der Handtasche ist ein kleines Päckchen. Ich lege inzwischen den Kuchen auf die Teller und decke den Kaffeetisch. Wir bleiben in der Küche, es ist so gemütlich."

Thomas war wie der „Stumme Diener", verurteilt zum Dastehen und Nichtstun. Er fand das kleine Päckchen in Marens Handtasche und öffnete es. Als erstes fiel ihm ein kleiner Zettel in die Hand. Ein Zertifikat über den Kauf des Artikels mit einem Datum von vor achtzehn Jahren. Thomas war sprachlos.

Der Inhalt des kleinen Päckchens war ein ganz neues, ein wunderschönes Räuchermännchen aus dem Erzgebirge.

„Gefällt es dir, Toggi?"
Thomas schaute auf das Räuchermännchen und das Datum des Einkaufs, und brachte kein Wort hervor.
„Was ist – gefällt es dir?"
„Mumpel, es ist wunderschön. Und ein Platz auf meinem Fensterbrett ist auch noch frei."
„Das denke ich doch. Zum Kaffeetrinken probierst du es einfach mal aus. Das riecht so gut."
Thomas nahm Maren in den Arm und gab ihr einen Kuss, so wie er es früher immer tat, wenn man sich zwischendurch mal einen Beweis der Zuneigung geben wollte.
„Ich danke dir, mein Liebes."
„Übrigens brauchst du für einen guten Geruch gar nicht viel zu tun. Der Flieder draußen riecht ganz herrlich", sagte Maren.

Thomas blickte erschrocken nach draußen, aber von der Küche aus konnte Maren nicht sehen, was für ein gigantisches Gebilde aus Flieder sich im Garten befand. Erleichtert setzte sich Thomas an den inzwischen gedeckten Kaffeetisch.
Maren stellte ein kleines Glaskännchen mit Milch auf den Tisch. Es war alles wie früher.

Thomas hatte das Kännchen ewig nicht benutzt. Er nahm einfach immer die Milchbox.

Maren trat so auf, als ob sie nie weg gewesen wäre. Es wurde Thomas unheimlich. Alle Versuche seinerseits, während des Kaffeetrinkens, von der Vergangenheit und aus der Zeit der vergangenen Jahre ein Gespräch zu beginnen, blockte Maren sofort ab und lebte im Jetzt.

Minute für Minute, Stunde für Stunde, gab ihm Maren immer mehr ein Gefühl der Vertrautheit zurück.

Immer mehr machte sich Gewissheit in ihm breit, dass sich diese vergangenen Jahre auf die einstmals vorgesehenen sechs Monate reduzierten. Vielleicht sogar nur sechs Tage. Ihr Verhalten war der Beweis und Thomas fing an dies zu glauben, ganz langsam aber sicher.

„Schön, dass du die Sache mit den Vorhängen selbst in die Hand genommen hast. Sie sind sehr schön und passen sehr gut zur Einrichtung."

„Freut mich, dass ich deinen Geschmack getroffen habe", antwortete Thomas wie selbstverständlich.

Dabei waren die jetzt schon so lange an den Fenstern und sollten eigentlich längst mal ausgetauscht werden.

Maren streichelte Thomas zärtlich über die Wange und lächelte ihn an.

Es war dieses Lächeln, dem er nie etwas entgegen zu setzen hatte. Es machte ihn willenlos.

„Hattest du nicht eine Überraschung?"

Diese Frage überraschte Thomas nicht einmal und er wunderte sich auch nicht darüber. Es war selbstverständlich, denn er lebte ja mit dieser Tatsache, die da auf Maren wartete, die ganzen Jahre. Diese Überraschung war für ihn inzwischen Alltäglichkeit geworden.

„Natürlich, habe ich. Zur Feier des Tages möchte ich aber eine Flasche Sekt aus dem Keller holen."

„Du machst es aber spannend. Ich liebe Sekt."

„Du tust so, als ob ich das nicht wüsste."

Maren holte die Gläser aus der Vitrine und gönnte sich einen Blick auf die Fliederpracht vor der Terrasse. Sie stand, mit den Gläsern in der Hand, so in Gedanken versunken da, dass sich Thomas ein weiteres Mal erschreckte, als er aus dem Keller kam.

Aber außer einer riesigen, lila blühenden Wand konnte man wirklich nichts erkennen. Keinen weißen Flieder, und der gelbe Ginster war auch nur als großer Busch auszumachen. Maren drehte sich zu Thomas und reichte ihm die Gläser.

„Ein beeindruckendes Bild, der blühende Flieder."

„Für wahr – für wahr, eine Pracht. Es dauerte auch ziemlich..."

„Kannst du einschenken?", unterbrach Maren ihn sofort. Thomas füllte die Gläser und Maren stand ganz zappelig vor ihm.

„Was für eine Überraschung ist es denn?"

„Deine Neugier wird dir mal deine Geduld zerstören. Prost, Mumpel."

„Prost, Toggi."

Thomas nahm beide Gläser, stellte sie auf die Vitrine und fasste Maren um die Taille. Als er seine Hand an ihren Po legte, stellte er fest, dass der Slip aus dem Auto nur ihrer sein konnte. Nun war er sicher, dass Maren einen ganz bestimmten Grund dafür hatte, sich mit ihm zu treffen.

Die Zuneigung und die Liebe waren zwischen ihnen nie gestorben. Sie hatten bis zum heutigen Tage Bestand. Und nun hatten beide, ohne es direkt zu sagen, den gleichen Gedanken, den sie in die Tat umsetzen wollten.

**

Maren genoss die Hand von Thomas auf ihrem Hintern und ihr Körper wurde von warmen Schauern durchströmt. Maren streifte ein Ereignis durch den Kopf, das sich im hinteren Teil des Gartens abspielte.

Abgelegen unter den Walnussbäumen und hinter hohem Buschwerk.
Die starken Äste zweier gegenüber liegender Bäume hatte der Vater von Thomas mit einer Schaukel verbunden. Dort konnten sie richtig schön rumalbern und hatten früher viel Spaß.

Maren erinnerte sich ...- an einem Sonntag, als Thomas auf mich wartete, weil ich mit dem Hockeyteam bei einem Turnier war, überraschte ich ihn gegen Nachmittag. Thomas saß im Schatten unter den Bäumen und las ein Buch.
„Nur noch dieses eine Kapitel", bat er.

Ich setzte mich derweil auf die Schaukel und vertrieb mir die Langeweile. Ich hatte noch den kurzen Sportdress an und legte das Höschen ab. So als Gegenmittel für das eine Kapitel.
Beim Schaukeln konnte Thomas nun sehen, dass ich, wenn ich auf ihn zukam, unter dem Sportrock nichts trug.
Sein Kapitel war noch lange nicht zu Ende, aber ein anderes Kapitel war wichtiger geworden. Da konnte das Thema noch so interessant sein, meinen Argumenten hatte er nichts entgegen zu setzen.

Er stand auf, ging auf mich zu und gab mir mehr Schwung, dass ich, wenn ich auf ihn zukam, mit dem Schaukelsitz bis in seine Kopfhöhe reichte.

Dann hielt er den Schaukelsitz fest und streifte mit der Zunge an den Innenseiten meiner Schenkel entlang.

Nach einigen zarten Zungenschlägen, im Zentrum meiner Lust, versetzte er mir einen Stoß und ich schwang wieder in die andere Richtung. Das ging vier bis fünf oder gar sechs Mal so.

Bei jedem Schwung zurück sehnte ich mich, so rasch wie möglich wieder angehalten zu werden und die Zunge von Thomas zu spüren.

Wenn Thomas mich richtig aufgeheizt hatte, schickte er mich wieder auf die Reise.

Diese Unterbrechungen waren gerade kurz genug, um nicht von vorn mit seiner Zungenakrobatik beginnen zu müssen. Und mich brachte es an den Rand der Ekstase. Ich glaubte mich immer kurz vorm Ziel und wurde wieder weggeschubst. Und die Schwünge brachten meine ganze Gefühlswelt durcheinander.

Der Luftzug beim Schaukeln kühlte immer etwas ab, und ich legte die Beine fest gegeneinander, um das zu vermeiden, bis mich Thomas wieder festhielt.

Als ich das Pochen meines Herzschlags nicht mehr aushielt, schlang ich die Beine um Thomas' Hals und er konnte mich nicht mehr wegschubsen.

Hätte er mich in dem Moment nicht festgehalten, wäre ich von der Schaukel gestürzt.

Die körperliche Entspannung und die Lockerung aller Muskeln, war wie ein Feuerwerk, und ich musste schreien vor Lust.

Die Oma von Thomas sagte dann schon mal, dass ich beim Schaukeln nicht so laut rumschreien solle. Schon gar nicht an einem Sonntag. Das hätte sie früher auch nicht gemacht.

„Du hast ja auch nur geschaukelt", sagte Thomas dann, aber das überhörte die Oma.

***

„Komm Liebes, wir müssen nach oben gehen."
Gespannt und willig ließ sich Maren führen. Als sie die ersten Treppenstufen hinter sich hatten, blieb sie stehen.

„Dieses Knarren der Stufen ist wie eine schöne Melodie", sagte sie.

„Soll ich dich huckepack nehmen?"
Beide mussten lachen. Der Grund war das inzwischen fortgeschrittene Alter und damit verbunden, etwas Schwierigkeiten, das Gewicht wie früher zu stemmen.

Thomas stand mit Maren bereits im Zwischengeschoss vor dem ehemaligen Zimmer der Großmutter, das er öffnete und Maren sachte durch die Tür schob.

Für Sekunden stand sie da wie festgewachsen, unbeweglich, mit weit aufgerissenen Augen.

„Du hast mir meinen Traum erfüllt. Ich bin überwältigt."

So unbeweglich, wie sie vorher war, so entgegengesetzt verhielt sie sich jetzt. Sie sprang Thomas förmlich an und turnte an ihm herum.

Ein Kuss wie ein k.o.-Schlag machte Thomas stumm. Maren stellte sich mitten in den Raum, mit einem alles überwältigenden Strahlen im Gesicht.

„Alles in weiß. Fantastisch. Mein Zimmer. Ein eigener Rückzugsbereich."

Maren stellte sich neben Thomas und steckte ihre rechte Hand in die Gesäßtasche seiner Hose. Die Freude über diese gelungene Aktion und die warme Hand von Maren, ließen Thomas' Herz höher schlagen.

„Es freut mich, dass es dir gefällt."

„Die Überraschung ist dir gelungen. Durfte ich damals deswegen so lange nicht mit ins Haus?"

„Nein."

„Nein? Ja, aber..."

„Komm mit auf den Dachbalkon. Bitte!"

„Toggi, ich liebe dich!"

Maren hatte mit einem Satz zwanzig Jahre ausgewischt, in denen zwischen beiden nichts geschehen war. Es dauerte nur einen Wimpernschlag, alles auf null zu stellen.

Als Thomas seine Maren an den Dachrand führte, musste er schlucken, wusste er doch nicht, wie diese Sache ausgehen wird.

Obwohl inzwischen so viele Indizien auf eine andere Situation hindeuteten.

Es waren wohl drei bis vier Minuten schweigend vergangen, als sich Maren zu Thomas drehte, sie ihn umarmte und ihr Gesicht auf seiner Brust vergrub. Er fasste sich ein Herz und fragte: „Maren, möchtest du mich heiraten?"

Sie hob langsam ihren Kopf und blickte Thomas mit Tränen in den Augen an, sagte aber keinen Ton. Sie drehte sich wieder von ihm weg, blickte nach unten.

„Da ist ja eine kleine Bank in der Herzmitte. Ist das die Bank mit meinem Na ..."

„Lass uns nach unten gehen und auf die Bank setzen", unterbrach Thomas sie.

Schweigend, fest umschlungen, bewältigten sie die laut knarrende Treppe. Thomas glaubte darin die Musik des Hochzeitsmarsches heraus zu hören. Und die Bewegungen von Maren glichen ebenfalls den Schritten, die genau dazu passten.

Der gemeinsame Weg nach draußen, zur Bank in der Herzmitte, war wie ein Triumphmarsch für Thomas. In jedem Bild an der Wand im großen Hausflur, an dem sie vorbeikamen, entdeckte er schon bewundernde und zustimmende Blicke von Hochzeitsgästen.

Die weiße Bank mit ihren verschnörkelten Beinen, den Armlehnen und der Rückenlehne, in der groß der Name Maren stand, war etwas Besonderes.

Immer, wenn man mit lang ausgestreckten Beinen entspannt drauf saß und total verliebt, in stundenlangen Gesprächen, ganz wichtig die Zukunft beleuchtete, drückte sich das Muster einer Lilie auf den Rücken.

„Spürst du auch den Geruch von Heu?"

Maren stand neben ihm und fasste ganz schüchtern, beinahe zurückhaltend, zwei Finger seiner Hand. Etwas zitternd, kaum spürbar.

Marens Frage machte Thomas fast verlegen, denn die Erinnerung gab ihm ein Gefühl, als ob gerade jetzt Heu neben ihm liegen würde.

Maren lehnte leicht ihren Kopf an seine Schulter und drückte ganz sachte die zwei Finger seiner Hand.

Sie wagte noch nicht, die ganze Hand zu ergreifen. Beide sagten nichts, blickten auf die weiße Bank und hatten in dem Moment sicherlich den gleichen Gedanken.

In wenigen Sekunden zog alles an beiden wie ein Film vorüber.

***

Es war damals ein so verregneter Tag, aber trotzdem so warm, dass die Sonne, die für Stunden verschwunden war, mit ihren starken Strahlen gegen Abend die Nässe aus dem Boden saugte, und sich kleine Dampfschwaden bildeten. Die warme und feuchte Luft legte sich auf alles nieder, als winzige kleine Perlen.

Gegen die Sonne sah das aus wie überdimensionales Schmirgelpapier.

Wie jeden Abend beendeten Maren und Thomas ihren Spaziergang im Garten der Großmutter und setzten sich auf diese weiße eiserne Bank, die versteckt hinter dem kleinen Stall stand.

An dem Abend war es zwar angenehm warm, dafür aber war durch die feuchte Luft alles mit einem Wasserfilm überzogen.

Ein paar Schritte weiter, bei den beiden Ziegen, lag frisches Heu unter Dach.

Völlig logisch und daher verständlich, nahm Thomas zwei Arme voll Heu und breitete es auf der weißen Bank aus. Es war trocken, sogar etwas warm. Obwohl es ein bisschen kratzte, war es rundherum angenehm. Der Duft von frischem Heu jagte beiden die verrücktesten Gedanken durch den Kopf. Das gegenseitige Verlangen ließ keinen Spielraum für Nebensächlichkeiten. Die Kleidung flog, wie von Geisterhand, durch den kleinen Stall.

Thomas' Schoß war für Maren eine angenehme Sitzposition. Die feuchtwarme Luft und die wohltuenden Bewegungen bildeten einen Gleitfilm auf ihren Körpern, der ihnen ein Gefühl der Schwerelosigkeit gab.

Manchmal saugten sich beide Körper regelrecht aneinander. Der frische Heuduft suggerierte, in der Sauna zu sitzen.

Die erotischen Stellen ihrer Körper fühlten sich gleich an, ob innen oder außerhalb ihrer Körper.
Sie erlebten sich beide wie in Trance, bis ihre Bewegungen nach geraumer Zeit mehr und mehr nachließen. Unter Thomas lag ein Sitzkissen aus Heu und sein Rücken wies, wie nach den sonst langen Gesprächen, das Muster der Lilie auf.

***

Wie auf Kommando blickten sich Maren und Thomas plötzlich an und lächelten. Sie hatten die gleiche Geschichte in wenigen Sekunden durchlebt.

„Ja Mumpel, ich spüre den Geruch von Heu!"

Maren streichelte Thomas sanft über den Rücken, wie damals, wenn sie versuchte, die manchmal etwas schmerzhaften Druckstellen der Lilie weg zu reiben. Beide standen still vor der Bank und küssten sich leidenschaftlich. Der Duft des Flieders betörte sie.

„Sogar der Flieder passt farblich in mein Zimmer. Jedes Frühjahr wieder – immer und immer wieder. Jaaaahhhh, ich möchte deine Frau werden!"

Dieser Antwort von Maren wollte Thomas nichts mehr entgegnen.

Er drückte sie fest an sich, küsste sie und hielt ihre Pobacken fest. So wie früher.

Die späte Wärme des Tages, der Duft des Flieders und das Gefühl, ganz dicht den Körper des anderen zu spüren, machte beiden die Entscheidung sehr einfach.

„Wir stehen zwar nicht vor der großen und knarrenden Treppe, aber könnte es sein, dass wir zu viel Kleidung anhaben?", fragte Thomas. Mit schnellen Bewegungen zogen sie sich gegenseitig aus.

Marens Brüste waren wie früher, ein starkes Argument für die Liebe. Thomas tauchte ab und spielte zärtlich an ihren Brustwarzen, die sich wie auf Kommando aufrichteten und sich wie Kirschkerne auf der Zunge von Thomas anfühlten. Die leisen Töne, die Maren beim Einatmen verursachte, brachten Thomas in Fahrt. Maren drückte Thomas auf die Bank: „Entschuldige, die Lilie auf dem Rücken muss einfach sein."

Flink schwang Maren sich auf den Schoß von Thomas, und streckte ihre Beine durch die großen Öffnungen im Metallmuster der Rückenlehne.

Wie von selbst, so als hätten beide nie eine große Pause in ihrer Beziehung eingelegt, nahm Maren den ganzen Mann in sich auf.

„Bitte noch nicht so viel bewegen, mein Schatz, ich möchte dich jede Sekunde in mir genießen", flüsterte sie Thomas ins Ohr.

Thomas vergrub mit Wonne sein Gesicht in Marens Brüsten, wanderte höher und küsste den Hals und den Haaransatz in ihrem Nacken. Nur ganz vorsichtig und gefühlvoll rückte Thomas seine Maren an den Hüften von links nach rechts.

Sie selbst führte ihre Bewegungen nach vorn und hinten. Die dadurch entstehende kreiselnde Bewegung brachte beide in Wallung.

Maren beugte sich etwas nach hinten und gab dadurch einen Teil ihres nur leicht behaarten Dreiecks frei.

Ihre feuchtwarme Lustregion war von der ganzen Manneskraft ausgefüllt und Marens empfindlichste Stelle präsentierte sich glänzend und fest.

Thomas kannte das sehr gut und spielte mit dem Daumen zärtlich am Wächter der Lust. Er ließ ihn vibrieren und nach einer Weile konnte Maren sich nicht mehr halten. Sie steigerte ihre Lust mit wilden und hemmungslosen Bewegungen.

„Zügele dein Tempo Mumpel, ich ..." – die Worte kamen nicht mehr so kontrolliert, und Maren sagte gar nichts mehr.

Beiden versagte das Sprachzentrum, weil andere Regionen die Kontrolle und Funktionen ihres Körpers übernommen hatten.

Nach einer Weile stand Thomas plötzlich auf und Maren saß auf seinen geöffneten Händen.

Sie schlang ihre Beine um seinen Körper und klammerte sich an ihm fest. So lief er mit ihr zum Haus. Über den Keller wollte er nach oben kommen, aber am Waschtisch, gleich im ersten Raum, war es mit dem Vorhaben vorbei.

Thomas setzte Maren gerade noch rechtzeitig auf die Kante des Waschtischs. Sie blieben eng verbunden, wollten ihren Puls auf normale Schläge bringen.

Thomas bewegte sich zum Ausklang zuckend, mit leichten Stößen, in Marens Lustzentrum. Die angenehme Feuchte und Wärme tat beiden gut. Nachdem die Schauer über den Körper und die wohltuenden Zuckungen sich bei beiden legten, kamen sie mit ständig aufeinander folgenden Küssen wieder zu sich.

Wie früher mussten sie anschließend lachen, denn irgendetwas war immer geschehen, ohne dass sie es bemerkten. Diesmal hatten sie auf dem Waschtisch durch ihre Bewegungen ein großes Paket mit Waschpulver auf dem Waschtisch zerdrückt.

Etwas vom Pulver rutschte unter den Po von Maren und die feuchte Haut bildete bei den Bewegungen kleine Schaumpolster auf der Tischplatte.

„Können wir uns in der Dusche gegenseitig den Waschpulverschaum abwaschen?", fragte Maren.

„Da könntest du mir aber auch gleich die Lilie auf dem Rücken wegstreicheln."

Thomas und Maren beeilten sich, die Wünsche des anderen zu erfüllen und beide wussten, wie solche Aktionen ausgehen.

DIE KATZE AUF DEM NACHTTISCH

Ein tierischer Voyeur

Viele Jahre sammelte ich Katzen, aus allen erdenklichen Materialien hergestellt. Nicht, dass ich keine echten Katzen mochte, ich hatte nur keine Zeit für ein lebendes Tier.
Aber ich wollte sie halt immer und überall präsent haben. Langgestreckte, hoch sitzende und bunt angemalt, waren meine Favoriten. Aus Ton, aus Holz, aus Keramik, aus Glas und aus Stein gemeißelt, viele Katzen zierten meine Wohnung.

Eine besonders schöne unter den Katzen war eine schwarze, aus Keramik, dicht am Boden schleichend, mit aufgestellten Ohren. Die Augen waren aus grünlich schimmerndem Glas. Die Schnurrhaare waren aus Rosshaar, lang und weiß.
Der Gesichtsausdruck der Katze machte aber nachdenklich, je länger man sie sich betrachtete. Nach wenigen Minuten bekam man das Gefühl, sie könnte sich gleich aufrichten und mit „miau – miau" entschwinden.
Auf ihren Augen lasteten schwere Augenlider, wie kurz vor dem Einschlafen. Ihr buschiger Schwanz reckte sich am Ende etwas nach oben, was sie wieder als hellwach kennzeichnete.

Jedenfalls hatte sie, trotz ihres einnehmenden Wesens, den Platz auf meinem Nachttisch erobert.

Bei ihr glaubte ich sogar an einem Morgen zu erkennen, dass ihre Augen geschlossen waren.

Bei einer weiteren Kontrolle, bevor ich das Haus verließ, waren sie aber wieder offen.

Die Lider wieder wie schläfrig ein Stück nach unten gezogen. Es war alles wie immer. Faszinierend war sie, fast lebendig. Kleine Schauer liefen über den Rücken, wenn ich ihr länger in die Augen sah. Sie war auf alle Fälle geheimnisvoll und verzaubernd.

Mitgebracht hatte sie mir mein Ex-Mann, trotzdem mochte ich sie. Manchmal fühlte ich mich durch sie beobachtet und beschuldigte sie, ein Spion meines Ex zu sein.

Vor dem Einschlafen forderte sie mich fast auf, ihr eine gute Nacht zu wünschen. Es wurde tatsächlich zu einem Ritual, das ich niemals vergaß.

Ich sagte schon mal, bevor ich das Licht löschte: „Schau mich nicht so an, du platzt noch mal vor Neugier, du Voyeur!"

Und die Bemerkung war in meinem Schlafzimmer ziemlich angebracht. Ich lebte ja nicht abgekapselt von der Männerwelt. Mein jeweiliger Freund hatte schon seinen Platz im Bett neben mir. Und das ging meinen Ex gar nichts an.

Über einen Mann hatte ich mich mal so geärgert, dass ich mehr als drei Monate völlig solo lebte und keinerlei Kontakt zum anderen Geschlecht haben wollte. Meiner Katze auf dem Nachttisch erklärte ich, dass es aber sicher kein Dauerzustand werden würde.

Und wie das Leben so spielt, man ist ja nicht aus Holz, kam tatsächlich einer daher und stellte die Welt wieder auf den Kopf.

Ich machte mich für ein geschäftliches Treffen fertig und legte das teuerste Parfüm an, das ich besaß.

Ich wollte einen guten Eindruck hinterlassen und unbedingt die Ausstellung für einige Fotoarbeiten bekommen.

Die Bank, die solche Events förderte, machte ein Angebot, was ich unter Dach und Fach bringen wollte.

Thema „Living nature – more than a tree", Baumformationen in der Region. Was mich dann allerdings an dem Tag alles erwartete, konnte ich vorher nicht ahnen.

Der Vertrag für die Ausstellung war schnell unterzeichnet und ich hatte mehr Zeit, als ich dafür einplante.

Zur Freude über den Vertragsabschluss, schlenderte ich durch die Stadt. Wenn eine Frau euphorisch ist und ein Erfolgserlebnis hat, möchte sie es unbedingt mit jemandem teilen, einen Gesprächspartner haben.

Und in der Bauchgegend tut sich bei solchen Gelegenheiten auch so einiges. Nicht bei allen, aber den meisten, besonders bei mir.

Als ich an einem Sexshop vorbeikam, wäre ich fast rein gelaufen, denn in der Auslage erspähte ich den Lustbringer für zwischendurch. Ein kleines Herz mit Batterie, das auf den Kitzler gelegt, mit kleinen Riemchen um den Körper festgemacht, garantiert unbemerkt von der Außenwelt, den Orgasmus garantiert.

Wenn schon kein Mann zur Verfügung steht, wäre es doch für solche Gelegenheiten, wie gerade bei mir, sehr willkommen, die Gefühle zu befriedigen.

Ich entschied mich dagegen, bin in einem Restaurant gelandet und setzte mich einfach an einen Tisch, an dem schon ein Herr saß.

Ich hatte ihn gar nicht richtig registriert, weil ich mit den Gedanken bereits an der Einrichtung für die Ausstellung war. Das Gefühl im Bauch war immer noch nicht weg. Ich wusste gar nicht, wie ich sitzen sollte und rückte nervös auf dem Stuhl hin und her.

„Auf sie habe ich gewartet!"
„Das müsste ich aber wissen", entgegnete ich.
„Dann wären sie vielleicht nicht gekommen."
„Da könnten sie Recht haben", sagte ich ziemlich schroff. Eigentlich wollte ich lachen über die Schlagfertigkeit.

„Erstens sehen sie fantastisch aus, zweitens passen wir sicher gut zusammen und drittens möchte ich sie jetzt zu einem Sekt einladen."

„Erstens weiß ich, dass ich gut aussehe, zweitens trinke ich um die Uhrzeit keinen Sekt mit fremden Männern, drittens bilden sie sich da was ein."

Die Frechheit dieses Mannes war schon wieder charmant, so wie er das alles sagte. Ich überlegte, ob man mir ansehen würde, dass meine Gedanken sich mit einem Mann beschäftigen.

Ich hatte das Gefühl, das kleine Herz mit Batterie umgeschnallt zu haben. Irgendwie wurde es mir heiß und etwas feucht zwischen den Beinen. Mit dem Zusammenpassen hatte er womöglich Recht, wenn ich ihn mir so betrachtete. Ich erinnerte mich an meine Freundin, die sagte, dass es sich in wenigen Sekunden entscheidet, ob man jemanden will oder nicht.

Sein Name war Helge. Aber was sollte das alles, ich hatte keine Lust, eine Bekanntschaft zu machen und wehrte mich dagegen.

Während unserer folgenden Unterhaltung kam er mir immer sympathischer rüber und setzte sich in meinem Kopf fest. Wir tauschten die Telefonnummern (warum auch immer – ich machte mir nicht einmal die Mühe, mich selbst zu hinterfragen) und er versprach, mich mal anzurufen, wenn ich besser drauf wäre.

Ich kam nicht dazu, ihm zu sagen, dass ich nie besser drauf war - schon wegen der perfekten Ausstellung – und dass ich sowieso keine Zeit hätte. Er war einfach schon gegangen.

„Bei der Ausstellung können sie sich ja mal sehen lassen", rief ich ihm nach. Ich war richtig sauer, dass er das nicht mehr hören konnte. Mein Glas Sekt war noch nicht leer und ich war verdattert. Auf dem Heimweg ging der Kerl mir nicht aus dem Kopf.
Es wird so etwa 17 Uhr gewesen sein, als bei mir das Telefon klingelte.
„Ja, ich bin gut nach Hause gekommen. Meine Adresse? Benderstraße 12, Parterre links. Warum?"

Er hatte bereits aufgelegt und ich fragte mich, weshalb ich so ohne weiteres meine Adresse preisgegeben habe. Seine Stimme machte mich etwas ratlos und vielleicht auch gutgläubig.
Ich war jedenfalls ..., sagen wir mal, neugierig auf ihn, auf den Draufgänger namens Helge.
Ich weiß nicht einmal, weshalb ich so zittrige Beine bekam. Ich rannte durch die Wohnung und suchte nach Allem und Nichts. Ich hatte mich noch nicht einmal umgezogen, seit ich von der Bank zurück war. Ich hätte eigentlich eine Dusche gebraucht, denn mein Höschen klebte schon etwas. Nervös, und mit tausend Fragen im Kopf, stand ich auf dem Balkon herum.

Plötzlich klingelte es an der Haustür und ich zuckte zusammen. Was für ein Blödsinn, aber ich war innerlich völlig aufgelöst. Ich öffnete die Wohnungstür und bat Helge herein. Ich kam nicht dazu zu fragen, weshalb er mich besuchen kommt.

Er fasste mich an den Hüften und vergrub sein Gesicht an meinem Hals.

Seine Zunge wirbelte über meine Haut und brachte mich fast aus dem Gleichgewicht.

Mein Ohr spürte plötzlich seine warme Zungenspitze und mich durchzog ein Schauer, der den ganzen Körper aufsuchte. Dann wanderte seine Zunge von der Kehle nach oben, übers Kinn und bis zu den Lippen, weiter zu den Augen.

Die Hände von Helge schoben meinen engen Rock einfach nach oben und packten kräftig meine nackten Pobacken. Sein Druck gegen meinen Schoß machte mich fast rasend und ich zog ihm die Jacke über die Schultern. Sein Hemd flog in eine Ecke des Zimmers. Seine Schuhe waren schon längst unter einem Sessel verschwunden.

Mir war inzwischen alles egal und ich war so heiß auf diesen Typen, dass es mich hemmungslos werden ließ. Seine Zungenspitze wirbelte um meine Brustwarzen, dass es mich vom Boden hob.

Mein Griff zwischen seine Beine war so überzeugend, dass er augenblicklich nur noch den Wunsch hatte, dieses starke Stück in mich einzutauchen und ich war bereit, es aufzunehmen.

Ich löste seine Hände von meinen Pobacken, fasste seinen Gürtel und zog ihn damit die paar Meter bis in mein Schlafzimmer.

Ohne große Worte rissen wir uns den Rest der Kleidung vom Leib und er legte mich auf mein Bett. Seine Zunge setzte ihr bewegendes Spiel fort und brachte mich an den Rand des Wahnsinns. Meiner Fassung war ich längst beraubt und trieb nur so dahin, losgelöst von allen Zwängen der Welt.

Seine Zunge fand alle Stellen an meinem Körper, die mir vom Kopf bis zu den Zehen kalte Schauer auf der Haut verursachten.

Als er seine Zunge vom heißesten Punkt, den er vibrieren ließ, bis ich kurz vor der Ohnmacht war, langsam über den Bauchnabel nach oben zu den Brüsten wandern ließ, schlugen meine Beine unkontrolliert durch die Luft und ich schlang sie schließlich fest um seinen Körper. Mein Schoß drängte gierig gegen seine imponierende Männlichkeit. Ich war so feucht, dass er seinen Penis einfach bis zur Wurzel versenkte – einfach so, auf einen Rutsch.

Der erlösende Schrei, den ich loswerden musste, als er vollends in mir versank, eröffnete den längsten Akt meines bisherigen Lebens.

Ich war schon süchtig geworden, bevor alles vorbei war. Seine kräftigen, aber gleichzeitig auch zarten Stöße gegen mein Becken, die mich gleichmäßig und ohne Hetze bis zum Orgasmus trieben, ließen mich in eine andere Welt eintauchen. Mit völliger Hingabe erlebte ich die absolute Ekstase.

Mit voller Wucht erlebte ich seine Kraft, wie er sich bebend in mir entlud und ermattet auf meinen Körper sank.

Gefühle der Wolllust und der Freude durchzogen mich, dass ich dem Mann die volle Befriedigung bringen konnte. Ich lag auf dem Bett und war nicht fähig, auch nur einen Ton von mir zu geben. Ich genoss die überwältigende Zufriedenheit, die mir dieser Mann gegeben hatte.

Als er wieder mit seiner Zunge auf dem Weg nach unten zu meiner empfindlichsten Stelle unterwegs war, hatte ich nicht die Kraft, ihn daran zu hindern.

Er war sehr behutsam und ließ sie langsam zwischen meinen heißen und feuchten Lippen tief eintauchen. Ich spürte ihn mit jeder Faser meines Inneren.

Als er langsam die Zunge über die Schenkel nach unten zu den Fußzehen gleiten ließ, wurde ich fast steif, zitterte und bäumte mich etwas auf, um entkräftet zusammen zu sinken. Trotzdem öffneten sich meine Beine bis zum Spagat, so gierig war ich auf seinen Schwanz.

Es gab mir vollends den Rest, ich hätte vor Wolllust zerspringen können.

Ich konnte seien Schwanz sehen, wie er glänzte, als wäre er mit Gelee eingeschmiert worden. Heiß und hart legte er sich auf meinen Bauch und Helge küsste mich mit einem Zartgefühl, dass es mich fast ohnmächtig werden ließ.

Ich sagte Helge, dass er wohl Recht hatte, als er sagte, wir passen gut zusammen. Es muss wohl so sein, denn wir hatten den absoluten Gleichklang unserer Körper erreicht.

Als wir wieder etwas zur Ruhe kamen, sagte Helge, dass er sich etwas Sorgen machte. Ich schreckte zusammen und fragte sofort nach dem Grund.

„Du hattest plötzlich auf den Oberschenkeln eine Gänsehaut bekommen, die so extrem war wie ein Reibeisen, dass ich erschrak, weil ich es nicht deuten konnte, denn es war uns doch alles andere als kalt."

„Wenn ich einen Orgasmus bekomme, der mich durch und durch erfasst, äußert sich das halt in dieser Weise. Ich kann es nicht ändern. Und ich kann deswegen auch niemandem einen Orgasmus vorspielen. Es ist meine Gänsehaut der Lust."

Helge empfand es nun als besondere Ehre, dass er mich so befriedigen konnte und umgehend das ehrliche Ergebnis unserer Lust spüren durfte.

Er meinte, dass ich zusätzlich mit meinen Füßen auch noch die glotzende Katze vom Tisch gehauen hätte.

Dann sagte er, dass ihn das sogar gefreut hätte, denn er fühlte sich beobachtet.

Ich war traurig, dass mir das passierte, ohne es zu bemerken, und schaute auf dem Boden nach.

Als ich die Katze aufheben wollte, lag sie in zwei Teilen auf dem Teppich. Nun war sie also doch vor Neugier geplatzt.

Die Katze, die ich schon so lange auf meinem Nachttisch stehen hatte, gab mir kleine Rätsel auf. Ganz seltsam war, dass ihre Augenlider nicht wie sonst schläfrig halb nach unten gezogen, sondern geschlossen waren. Das machte mich stutzig.

Ihr schöner buschiger Schwanz war unversehrt und auch sonst konnte man sie gut wieder zusammensetzen. Helge verstand meine Traurigkeit nicht so ganz, schwenkte aber rasch auf meinen Wunsch ein, die Katze zu retten. Vielleicht bemerkte er, dass sie für mich sehr wichtig war.

Helge nahm also eines Tages die Katze und setzte sie wieder zusammen. Als sie auf dem Nachttisch wieder ihren Platz eingenommen hatte, musste ich erstaunt feststellen, dass ihre Augen wieder offen waren.

Ich konnte diesen Voyeur nicht länger ertragen und verbannte ihn auf den Kaminsims im Wohnzimmer.

Nun verstand Helge wieder nicht, weshalb ich so reagierte.

„Ich möchte nicht, dass sie sieht, wenn ich eine Gänsehaut der Lust bekomme."

Das hatte er zwar als Grund auch nicht verstanden, aber er akzeptierte es. Und für meine Lieblingskatze war es nicht mehr so gefährlich.

Ein paar Tage später sagte Helge: „Ich glaube, die Katze hatte heute Morgen geschlossene Augen. Verstehst du das?"

Als ich sie mir auf dem Kaminsims betrachtete, hatte sie ihre Augen aber weit geöffnet. Keine schweren Lider. Sie sah sehr wach aus. Das verstehe, wer will.

SPAGHETTI FÜR DIE LUST
Nicht jeder Test ist erfolgreich

Überlegungen

Angelika Bannako lief etwas planlos durch die Arkaden des Einkaufszentrums. Es war ihr unendlich langweilig.

Draußen, das konnte sie durch das Glasdach erkennen, schneite es heftig, und das schon seit mindestens zwei Stunden. Da war es in diesem Zentrum richtig angenehm. Mit der Dudelei der Weihnachtslieder, die sich alle 20 Minuten wiederholten, war es allerdings extrem nervig. Es war ihr, wie schon gesagt, elend langweilig.

Dieses „Jingle Bells" drohte sie nach der achten Wiederholung aggressiv zu machen. Oder wenn sie einen Nikolaus mit seinem „Red nosed Deere" vor sich sah und dieses abgedroschene „Ho, ho, ho" hören musste.

Bis Weihnachten war es noch über eine Woche, und sie hatte bereits alles eingekauft. Dem Himmel sei Dank. Der Duft von Weihnachtsgebäck reizte ihre Nase derart, dass sie spontan entschied, jetzt einen Kaffee zu trinken und ein Stück Stollen zu essen.

Im ersten Café hatte sie auch gleich einen Platz gefunden.

Als sie die ältere Dame schräg gegenüber betrachtete, die Christstollen aß, der weiße Zuckerfleck auf ihrer Nasenspitze zeugte davon, und sie mit den Rosinen ihren „Schaff" hatte, die alte Dame drehte den Kuchen im Mund hin und her, änderte Angelika ihren Wunsch spontan in Nusskuchen.

Aber dann mochte Angelika auch keinen Nusskuchen mehr. Sie bestellte sogar nur einen Kaffee, den sie ganz hastig trank.

Den kleinen Spekulatius ließ sie auf dem Rand der Untertasse liegen. Schnell hatte sie ihre Gedanken schon wieder in eine andere Richtung gelenkt, zahlte und verschwand, nachdem sie die Tasse geleert hatte.

Der Zucker klebte noch immer auf der Nasenspitze der alten Dame. Und der Stollen wollte einfach nicht weniger werden.

Angelika hängte sich ihre Handtasche über die Schulter, schwang zwei Designer-Einkaufstüten durch die Luft und achtete beim Laufen darauf, dass sie mit dem Fuß immer genau in die Fläche der großen Steinplatten trat, und nicht auf die Fugen.

Das war nicht einfach bei den unregelmäßig verlegten Platten, denn ihre Schrittlänge veränderte ständig die Fugenabstände.

Und dann musste sie ganz abrupt ihre Plattenhüpferei unterbrechen und doch auf eine Fuge treten, denn mitten auf einer solchen Platte kroch eine eklige und klebrige Wegschnecke, so dick und rotbraun.

Es sah aus wie die Hundekacke von einem ungezogenen Köter, wie ihre Freundin einen besitzt.

Wie kommt eine Wegschnecke im Winter in ein solches Einkaufszentrum, schoss es Angelika durch den Kopf. Aber in dem fast tropischen Klima blühten ja auch Pflanzen, von denen man das nicht unbedingt erwartete. Als sie aufblickte, kam der Nikolaus direkt auf sie zu und sie drehte sich gerade noch zur Seite, um ihm nicht gegen den Bart zu laufen. Da trat er auch schon mit seinen klobigen Stiefeln auf die Schnecke. Angelika schüttelte es durch. Draußen herrschte unterdessen immer noch starker Schneefall. Die großen Glasfelder im Dach waren inzwischen zugeschneit, was ein ganz eigenartiges Licht in der Einkaufspassage erzeugte.

Der große Weihnachtsbaum mit seinen unzähligen Lichtern kam jetzt besonders zur Geltung.

Augenblicklich war also Schluss mit der konzentrierten Art dieser albernen Fortbewegung. Ärgerlich war zusätzlich, dass sie mit dem Absatz ihres Stöckelschuhs in einer nicht zu vermeidenden Fuge fast hängen blieb.

Angelika hatte alle ihre Wünsche bereits erfüllt und überlegte nun, ob sie ihrem Mann den Kredit aus dem Familienvermögen geben sollte. So als besonderes Geschenk zu Weihnachten.

Es war ja keine kleine Summe, die er für die Gründung seines Büros brauchte. Die halbe Million waren für die Familie zwar kein Betrag, der ihre Eltern ans Hungertuch gebracht hätte, aber rauswerfen musste man das Geld ja auch nicht unbedingt.

Ihre Familie, allerdings nur in Person ihrer Mutter, impfte ihr ein, sehr vorsichtig zu sein. Auch wenn es der Ehemann wäre. Diese permanenten Ermahnungen erinnerten ein bisschen an den steten Tropfen, der den Stein höhlt.

Auf der einen Seite war es ihr völlig egal mit dem Geld, denn wenn ihr Mann es braucht, sollte er es auch bekommen. Auf der anderen Seite wollte sie auch der Familie gegenüber nicht ungerecht handeln und mit darauf achten, dass das Vermögen der Familie nicht durch unnötige Verluste dezimiert wird.

Es war ja auch ihr Vermögen. Zumal die Mutter nicht gerade erbaut war, dass sie ausgerechnet so einen wie Bastian, der nichts hatte, heiraten musste.

Das, was er besaß, musste Bastian sich alles hart erarbeiten.

Die Mutter machte nie einen Hehl daraus, dass sie die Heirat als nicht standesgemäß ansah. Das blieb Bastian natürlich nicht verborgen. Es ging sogar soweit, dass Bastian nicht ohne seine Frau zu seinen Schwiegereltern gehen konnte. Seine Schwiegermutter traute ihm nicht.

Bastian nahm das mit ungeheurer Ruhe hin, es war ihm fast gleichgültig. Es konnte ihn überhaupt nicht aufregen. Er umgarnte Angelikas Mutter sogar richtig, wenn er mit zu Besuch war. Der Mutter war das alles sehr suspekt.

Am liebsten hätte sie Bastian immer mit Aufsichtspersonal umgeben. Einen Grund konnte sie dafür zwar nicht nennen, sagte aber immer zu Angelika: „Mein Gefühl, mein Kind ..., mein Gefühl."

Angelika wurde immer unsicherer und ihre Mutter beschloss, dass Bastian eine Prüfung bestehen sollte, bevor ihm diese Menge Geld zur Verfügung gestellt würde. Die Mutter hatte letztlich erreicht, dass Angelika diesen Unsinn mitmachte.

Hoffentlich würde ihr Bastian das nie erfahren. Er behauptete immer, dass er sie so sehr liebe, dass eine andere Frau bei ihm überhaupt keine Chance hätte. Er selbst auch gar nicht das Gefühl bekäme, einen Seitensprung provozieren zu wollen. Er meinte, dass er nicht mal wüsste, wie man das Wort Seitensprung buchstabiert. Angelika war sogar geneigt, das zu glauben.

Und diese leichte Prüfung, die ihre Mutter sich ausdachte, war sich Angelika sicher, birgt die wenigsten Gefahren in sich.

Ihr Glaube an Bastian war grenzenlos und auch zu begründen, denn Bastian sagte das nicht nur so, sondern er handelte auch danach.

Seit 14 Tagen hatte er schon das Geschenk für Weihnachten in seinem Schreibtisch liegen.

Angelika fand es und schüttelte so heftig das kleine Päckchen, dass sie den Inhalt erraten konnte. Eine hübsche Halskette, wie sie schon lange eine haben wollte.

Da Bastian die Neugier seiner Frau kannte und wusste, dass sie schon das kleine Päckchen entdeckte, stürzte er Angelika in große Not, als er mal so nebenbei erwähnte, er habe etwas sehr schönes, aber leicht zerbrechliches, zu Weihnachten besorgt.

Dabei sah er zu Angelika, denn er ahnte ihre Sorgen. Sie schaute ganz betreten drein, wobei sie die Schüttelei bereits bereute.

Bastian erfüllte gerne die Wünsche seiner Frau und entsprach damit ganz den Vorstellungen der Mutter. Deshalb war das Verhalten der Mutter paradox. Aber, ... ihr Gefühl eben.

Es konnte eigentlich gar kein Problem werden, der Mutter alle Zweifel zu nehmen und ihr Misstrauen zu zerstreuen. Außerdem wusste Angelika, was sie an Bastian hatte, warum sie gerade ihn heiratete.

Ihre Freundinnen waren und sind eifersüchtig, da sie alle nicht solches Glück mit ihren Männern hatten.

Angelika hatte von sich aus nie das Gefühl, ihren Mann einer solchen Prüfung unterziehen zu müssen. Aber die Mutter wiederholte permanent: „Wenn er einmal umfällt, wird er es immer wieder tun und ... – ich weiß wovon ich rede. Nackte Frauenhaut, Geilheit und Hochbauprojekte in der Hose, setzen das Hirn außer Kraft." Das waren ihre Worte.

Es stimmt, sie hatte da oft Probleme in ihrer eigenen Ehe, aber dass sie zum großen Teil selbst schuld daran war, ging ihr nicht in den Kopf. Die Mutter hatte da allerdings ihre eigene Philosophie.

Angelika richtete sich, um Ärger aus dem Wege zu gehen, nach dem Wunsch der Mutter und wusste, dass gar nichts schief gehen konnte. Auch schon deshalb, weil sie auf Fragen der Mutter, wie das Eheleben so verlaufe, immer nur positiv antwortete. Bastian war ein Supermann.

Trotz allem konnte Angelika mit der Mutter über alles reden und die war, so gesehen, die beste Ratgeberin.

Angelika erinnerte sich an eine Sache, die ihr durch den Rat der Mutter große Peinlichkeit ersparte, wie sie glaubte.

Als sie ihrer Mutter einmal erzählte, dass ihr Bastian es gern hätte, in der Dusche verwöhnt zu werden und extra dafür zwei Haltegriffe an der Wand befestigen wollte, war die Mutter entsetzt.

So etwas Abwegiges hätte sie noch nie gehört. Auf so ein niedriges Niveau begibt man sich nicht. Der Mann verliert danach die Achtung gegenüber der Frau.

Der Mann soll immer das Gefühl haben, der Eroberer zu sein. Die Frau habe passiv zu sein, aber immer bereit – mit manchmal längeren Pausen - im Manne das Interesse und den Jagdinstinkt zu wecken.

„Der Mann will verführen, die Frau soll sich fügen. Andere Gangarten sind da nicht erwünscht", klärte die Mutter auf.

„Ich soll auf eigene Wünsche und Aktivitäten verzichten? Oder auf Praktiken, die uns beiden Spaß bringen?", fragte Angelika.

„In der Ehe manchmal von Vorteil ... - aber Haltegriffe? Gemeinsam in der Dusche, was für ein sensationeller Quatsch", polterte die Mutter.

Angelika hielt sich an den Rat der Mutter und ent-schied, dass sie keine erniedrigenden Hilfsmittel wie Haltegriffe in der Dusche braucht und redete Bastian daraufhin die Haltegriffe aus. Er fragte auch nie wieder danach oder erwähnte ähnliche Wünsche.

An der Zuneigung durch Bastian änderte sich wegen der Ablehnung nichts. Nein, eine Gefahr drohte nicht.

Dass Bastian vielleicht nur so einfach zu dirigieren und zufrieden zu stellen war, weil er Konflikte hasste, darauf sind weder Tochter noch Mutter gekommen.

Und dass er sich vielleicht die Wünsche woanders ..., nein, das gab es in den Überlegungen schon gar nicht.

Testperson Inka

Angelika wollte nun endlich diese nervigen Gedanken loswerden und blieb vor einem großen Schaufenster stehen. Als sie die Dekoration betrachtete und überlegte, sah sie eine sehr attraktive Frau in der Glasscheibe des Schaufensters neben sich stehen.

Der Kopf der Frau saß, bedingt durch die Spiegelung, direkt auf dem Torso der Schaufensterpuppe. Das gespiegelte Bild wirkte so lebendig, dass man den Eindruck hatte, es würde gleich weglaufen.

Und plötzlich bewegte es sich tatsächlich. Das Kostüm schien für die neben ihr stehende Frau wie gemacht zu sein. Angelika erschrak richtig in dem Moment, war sie doch so fasziniert und in Gedanken versunken.

Beide sahen sich wortlos an. Dann sagte die Frau neben ihr: „Leider etwas unerschwinglich!"

Mit einem Seufzer wollte sie gerade gehen, als Angelika sie festhielt.

„Ich wüsste, wie sie sich das leisten könnten, vielleicht auch noch andere Dinge."

„Machen sie Scherze?"

„Nein, ich denke da eher realistisch."

Angelika lud Inka, so stellte sie sich vor, zu einem Kaffee ein und erklärte ihr, wie sie sich das Geld leicht verdienen könne, um an solche für sie unerreichbare Dinge zu kommen.

„Was muss ich denn dafür tun? Das hat doch bestimmt einen Haken?"

„Testen sie die Treue meines Mannes", sagte Angelika unverblümt zu Inka, der fast die Luft wegblieb. Angelika bot Inka für den Deal, egal wie dieser ausging, 10.000 EURO. Für Inka eine fast unvorstellbare Summe.

„Ich finde es ja ungeheuer, dass sie mir so viel Geld bieten, obwohl sie mich nicht einmal kennen."

„Das schon, aber <u>ich</u> sehe wie <u>sie</u> aussehen."

Inka willigte ein und erhielt bereits einen Vorschuss. Sie fand, dass Angelika eigentlich ein bisschen verrückt war, aber...

Beide hatten alles miteinander besprochen und waren mit dem Deal für das Vorhaben zufrieden. Angelika informierte ihre Mutter davon, und diese war sogar begeistert von der tollen sich bietenden Möglichkeit, denn sie hoffte, dass der smarte Schwiegersohn, dieser Schmeichler, mit Sicherheit stolpern würde.

Gesagt hatte sie das ihrer Tochter natürlich nicht. Auch nicht, dass sie diese 10.000 EURO für eine gute Investition hielt. Gegenüber dem Verlust von 500.000 EURO nahm sich der Investitionseinsatz fast lächerlich aus.

Angelika hatte den Telefonhörer gerade aufgelegt, als die Tür aufging und Bastian erschien.

Na, wer hat denn angerufen?"

„Bastian, eben hat eine junge Frau angerufen und wollte wissen, ob die Stelle der Sekretärin, die du annonciert hast, noch zu haben ist."

„Eigentlich nicht, ich habe schon jemanden, einen jungen Mann. Er wohnt sogar in der Nähe des Büros."

Angelika musste sich wegdrehen, vor lauter Angst, man könnte ihr die Freude über eine solche Nachricht ansehen. Ein Mann – ein weiterer Beweis für Bastians unbedingte Treue. Sie schämte sich schon fast wegen des Deals mit Inka. Aber für einen Rückzug war es zu spät, wie sie glaubte. Dass sie eigentlich schon am Ziel war, und unnötigen Geldverlust beklagen müsste, vergaß sie dabei ganz.

„Sie machte aber am Telefon einen sehr netten Eindruck. Du solltest sie dir wenigstens mal ansehen. Ich machte ihr Hoffnungen, weil ich nicht wusste, dass da bereits …"

„Na gut, ich rufe sie einfach an und sage ihr ab."

Während Angelika ihm die Anruferin schmackhaft machen wollte, griff Bastian, dicht vor ihr stehend, mit den Händen ihre Pobacken und drückte Angelika an sich.

Sie wusste genau wie das enden würde und war von der Idee ganz angetan. Sie rieb sich an ihm und bemerkte, dass ein Hochbauprojekt im Entstehen war.

Am liebsten hätte Angelika jetzt ihre Mutter angerufen und ihr gesagt, dass dieses lächerliche Vorhaben mit dem Treuetest reiner Quatsch sei, das zu scheitern drohte, bevor er überhaupt begonnen hatte.

„Sie hat kein Telefon, sie rief von einer Zelle an. Du müsstest bei ihr kurz vorbeischauen, wenn du heute Abend zum Fitness-Studio gehst", sagte Angelika.

„Passt mir zwar nicht - aber wenn du meinst."

Etwas erleichtert atmete Angelika aus, löste sich aus seiner Umklammerung und schenkte sich und Bastian ein Glas Wein ein.

Es war der Lieblingswein der beiden, ein Pinot Noir aus dem Elsass, aus dem Ort St. Hippolyte, den sie seit mehreren Jahren immer um die Osterzeit besuchten und sich mit dem guten Tropfen der Gegend reichlich versorgten.

Und wenn es Zuhause so richtig gemütlich und kuschelig wurde, haben Bastian und Angelika gerne von diesem Wein getrunken.

Bastian sagte immer, dass dieser Wein die Brust vergrößern würde und er greifbare schöne Erfolge feststellen könne.

Angelika liebte diese Art von Komplimenten, auch wenn das mit dem Vergrößern Unsinn war.

Sie gab Bastian die Adresse von Inka und setzte sich mit einem Lächeln neben ihn, hob das Glas und prostete ihm zu: „Auf uns und deine Erfolge, mein Schatz."

Er gab Angelika einen Kuss, lehnte sich auf der Couch etwas zurück und schloss genüsslich die Augen. Dabei wanderte seine Hand ganz feinfühlig auf Angelikas Brust und streichelte sie.

„Es wirkt, es wirkt."

Das Treffen

Angelika sagte am Nachmittag zu Inka, dass Bastian gegen 20.30 Uhr bei ihr sein würde. Inka war gespannt wie ein „Flitzebogen", obwohl sie wusste, dass dies nur ein eiskalter Job sein würde, den sie einfach auszuführen hatte. Und ohne Risiko, da in jedem Falle Geld fließen würde. Geld, das sie ganz dringend brauchte.

Für diesen Abend hatte Inka alles ganz festlich vorbereitet und war dabei, eine italienische Köstlichkeit zu zaubern. Und sie kochte fantastisch, das wusste sie.

Die Weihnachtszeit erleichterte es, festlich zu dekorieren, und Kerzen waren an solchen Tagen nicht unbedingt verfänglich, weil normal.

Der Geruch von frischen Tannenzweigen verstärkte die gemütliche Atmosphäre noch gewaltig.

Mit aller Macht wollte sie Bastian verführen, mit Erfolg, wenn möglich. Sie brauchte dafür aber auch das gewisse Ambiente, denn das Geld allein versetzte sie nicht in die Lage, erotisch zu denken, zu servieren und den Abend zu gestalten.

Nicht nur sie selbst, sondern das ganze Drumherum sollte wesentlich dazu beitragen, dass die Verführung gelingt.

Inka dachte überhaupt nicht daran, dass sie sich eigentlich prostituierte. Ihre Gedanken flogen noch einmal durch den Raum. Was sollte sie tun, wenn dieser Bastian hässlich und schmuddelig daher käme?

Wie sollte sie reagieren, wenn er so gar nicht ihre Vorstellung von einem Mann erfüllt, wenn er ein ekliger Typ wäre und sie dann eine körperliche Nähe verabscheuen würde?

Würde es sie würgen, den Mann zu küssen? Sie wollte gar nicht weiter darüber nachdenken.

In Erwartung der Dinge, die da kommen sollten, schenkte sie sich einen Grappa ein und merkte, dass sie beinahe die Spaghetti vergessen hätte und sie viel zu lange gekocht worden wären. Es ging gerade noch einmal gut.

Mit Liebe hat sie zum Essen den richtigen Wein ausgesucht. Ein Roter aus ihrem Geburtsort San Gimignano.

Ein Wein, so rot wie die Sünde.

Und wenn dann hinter dem Glas oder der Flasche Kerzenlicht durchschimmerte, zauberte es eine Stimmung, dass es einfach schwer fiel, die Gedanken beisammen zu halten. Flackerndes Kerzenlicht, durch den Wein betrachtet, war wie ein Film mit erotisierender Wirkung. Damit verbunden noch die leise Musik von Klarinetten …

Inka fing an, gedanklich auszuschwärmen und schüttelte ganz schnell ihre Arme, um wieder wach zu werden. Trotz der ganzen Vorbereitungen musste es so aussehen, als ob sie sich nur vorstellen sollte, wenn Bastian erschiene – wenn!

Im Grunde war es ja ein Vorstellungsgespräch, was da stattfinden sollte. Jedenfalls wollte Angelika das so dargestellt wissen. Diese Verführung sollte nur so nebenbei und rein zufällig passieren.

Vielleicht war das mit dem Job gar nicht so dumm, dachte Inka. Sie hatte nämlich keinen, und am PC konnte sie auch arbeiten. Egal wie, sie musste so tun als ob. Die geschaffenen Tatsachen waren natürlich genau das Gegenteil von alledem.

Das ganze Drumherum hatte sie dermaßen aufgeheizt, dass Inka allmählich, je mehr es auf 20.30 Uhr zuging, ein beharrliches Zucken zwischen ihren Beinen spürte.

Ein unmerkliches Prickeln stellte sich in ihren Lenden und ihrem Schoß ein.

Sie konnte es sich zwar nicht erklären, es aber im Kopf streichen ging auch nicht. Und einen Mann hatte sie auch schon lange nicht empfangen, denn die hatten sich in der letzten Zeit alle selbst disqualifiziert. Das passte einfach alles nicht. Ein „Blind Date", das war etwas Neues.

Dazu die Aussicht, einen Mann auf dem Silbertablett serviert zu bekommen und noch einer mit so viel Geld, weckte bei Inka ungeahnte Kräfte. Vielleicht war es auch die Hoffnung, dass Bastian Bannako, der Mann einer Frau wie Angelika, vielleicht nicht ganz uninteressant ist.

Es wurde langsam Zeit, dass sie sich ins Bad zurückzog, um sich frisch zu machen und sich mit den Wohlgerüchen des Orients zu bedecken.

Das orientalische Bad und der Geruch der Öle, brachte Inka in Wallung. Beim Einölen des ganzen Körpers glitten ihre Finger automatisch zwischen ihre Beine. Dies stimulierte ihre Sinne dermaßen angenehm, dass sie nicht widerstehen konnte, das Spiel mit den Fingern weiter zu treiben.

Sie setzte sich mit gespreizten Beinen auf den warmen Wannenrand. Ihr Blick in den Spiegel verschwamm immer mehr, als sie mit ihrem Po auf dem Wannenrand hin und her rutschte. Sie hatte ein Gefühl, wie wenn ein Mann sie führen würde.

Das Parfüm, das sie anlegte, konnte einem schon die Sinne rauben, und sie wusste, dass ein Mann damit erst einmal fertig werden musste. Und das würde schwer genug, war sie sich ganz sicher. Das letzte Mal war zwar schon sehr lange her, aber eine Frau verlernt ja nicht.

Inka zog ein weich fallendes Kleid an, das von oben bis unten, dicht über ihren Fesseln, zu knöpfen war.

Sie ließ die ersten drei Knöpfe über der Brust offen, so dass, wenn sie sich etwas nach vorn neigte, ihr wunderschöner fester Busen zur Geltung kam. Den BH hatte sie weggelassen. Der Slip, den sie trug, betonte noch ihre tolle Figur. Er zeichnete sich ganz leicht unter dem Kleid ab, wenn sie sich etwas bückte. Sie überlegte auch, ob sie nicht einen String-Tanga nehmen sollte, aber das wäre weniger sexy und unterbindet die Fantasie eines Mannes. Außerdem hätte es zu hurenhaft und plump ausgesehen.

Plötzlich gab es überhaupt keine Bedenken mehr, diesen tollen Job zu vermasseln, wenn auch der Weg dahin sehr ungewöhnlich war. Jedenfalls für sie. Außerdem hatte sie ja niemanden bestellt. Man schickte jemanden zu ihr.

Inka kontrollierte gerade das Fleisch im Backofen, als es an der Tür klingelte. Sie erschrak, und der Soßenlöffel klatschte in den Topf.

Inka rannte auf Zehenspitzen in den Flur und flüsterte gegen die Decke: „Um Himmels Willen, zwanzig Minuten zu früh."

Die Schürze, die sie umgelegt hatte, warf sie rasch in eine Ecke und öffnete mit zittrigen Beinen die Tür.

Bastian stand da wie verdutzt, denn mit einer so rassigen und schönen Frau hatte er nicht gerechnet. Inka hätte fast gelacht, so komisch sah das aus. Bastian Bannako stotterte: „Ich wollte ... ich komme ... eigentlich nur um zu sagen, dass ich ..., das sagte ich auch schon meiner Frau ..."

„Aber kommen sie doch erst einmal herein", überbrückte Inka die etwas verfahrene Situation.

„Ich bin gerade beim Kochen und habe eine Kleinigkeit im Backofen und ..., da muss ich schnell nachsehen."

Sie ließ die Tür offen und eilte in die Küche. Jetzt hatte Inka sich tatsächlich so benommen, als wäre jemand gekommen, den sie erstens kannte und zweitens lange erwartete.

Es befiel sie Ruhe und Gelassenheit, so vertraut kam ihr dieser Bastian vor. Ein Gefühl, wie wenn sie ihren Liebhaber begrüßt, den sie schon viele Jahre kennt.

Hoffentlich ist der bald in der Wohnung, dachte sie. Hauptsache erst mal drin. Inka hatte richtig Angst, dass Bastian gleich wieder gehen würde, so kurz angebunden wie er war.

Sie traute sich nicht, sich umzublicken, als sie in die Küche ging.

Aber wenn er gleich wieder verschwinden würde, wäre ja das Experiment ebenfalls geglückt. Den Mann nicht verführt, Geld kommt trotzdem. Auf was hatte sie sich da bloß eingelassen?

„Entschuldigung, ich muss wirklich ...", sagte Bastian, schloss aber die Tür und folgte Inka in die Küche. Mit den Notizen seiner Frau in der Hand, stand er wortlos vor dem kleinen Esstisch.

„Nehmen sie doch einen Moment Platz, ich bin gleich so weit."

Während er sich an den Tisch setzte, sagte er: „Die Stelle der Sekretärin ist bereits leider vergeben. Das wollte ich ihnen nur ..."

„Schade! Trinken sie trotzdem einen Grappa mit mir, Herr, Herr ..."

„Bastian."

„Herr Bastian."

„Ja, aber ich wollte nicht ..., sie erwarten doch offensichtlich noch Gäste."

„Ja, ich habe Gäste erwartet, bekam aber leider vor einer halben Stunde eine Absage, deshalb wollte ich sie eigentlich bitten, dafür mein Gast zu sein."

„Da hätte ich aber gestört, wenn Gäste hier gewesen wären."

„Aber ein paar Minuten hätten wir schon gehabt, um eine Mitteilung zu machen. Oder?"

Sie reichte ihm etwas zittrig den Grappa. Fast teilnahmslos nahm Bastian das kleine Glas aus Inkas Hand, die ihn völlig umsonst schmachtend anblickte, denn Bastian drehte sich mal hier hin und mal dort hin und versuchte die Notizen seiner Frau irgendwo zu deponieren.

„Salute! Wie heißen sie eigentlich mit Vornamen?"

„Bastian, mit Nachnamen Bannako."

Er wirkte etwas hilflos und verlegen. Eben glaubte sie sogar zu erkennen, dass er etwas zitterte. Aber warum sollte es ihm anders ergehen, als ihr? Plötzlich stand Inka ganz dicht vor ihm, und Bastian schaute ziemlich verwundert drein. Sie nahm ihm den Zettel ab und bedankte sich.

„Würden sie mir nun die Freude machen, mein Gast zu sein und mit mir zusammen zu essen?"

„Warum nicht, es riecht ja auch ganz einladend, und ein bisschen Zeit hätte ich schon noch."

„Es schmeckt bestimmt auch gut", hauchte Inka mit einem Schmachten in der Stimme, wie das nur Frauen perfekt hinbekommen, ohne zu üben.

Bastian überlegte, wie lange es her war, dass Angelika etwas auf den Tisch zauberte. Ständig war man zum Essen eingeladen oder hatte selbst Gäste.

Die wurden aber von einem Tross Bediensteter bewirtet.

Angelika kochte so gut wie nie selbst.

Jedenfalls konnte er sich Angelika nicht mit einem Schälmesser in der Hand vorstellen. Oder die Schwiegermutter mit einem Suppenlöffel.

Er sah sie im Geiste vor sich, mit einem riesigen Löffel bewaffnet, der sie einfach lächerlich und deplaziert aussehen ließ. Und seine Angelika mit einem großen Quirl, wie sie versucht ... - unvorstellbar. Beide Frauen mit verzerrten Gesichtern, die verlegen grinsend und peinlich berührt, die überdimensionalen Küchenwerkzeuge in den Töpfen bewegten. Nein, das konnte er sich nicht vorstellen. Er hätte fast laut gelacht bei dem Gedanken.

Bastian beobachtete Inka, die vor der Anrichte stand, irgendetwas vorbereitete und die Teller an den Tisch brachte.

„Bastian, hoffentlich habe ich sie jetzt nicht mit meiner Einladung überfallen und halte sie von wichtigen Dingen ab? Darf ich sie denn Bastian nennen?

Ihr Nachname erinnert mich an einen Cousin, der als Laienmissionar in Bamako den Armen hilft, und Brunnen baut. Das ist in Mali."

„Nein, nein – ich meine ja, ja. Natürlich können sie Bastian sagen. Nur missionieren und Brunnen bauen, das tue nicht."

Bastian war so begeistert von Inka und der ganzen Situation, dass er von einer Sekunde zur anderen entschied, dass das Fitness-Center auch ohne ihn weiter existieren würde. Inka schlug dermaßen gekonnt die Augenlider auf und nieder, dass es schon fast an eine Hypnose heranreichte. Mit ihrem aufreizenden Lächeln zog sie Bastian völlig in ihren Bann.

Die Art und Weise, wie Inka sich und ihre Weiblichkeit in Szene setzte, hatte so etwas wie das blitzartige Zugreifen einer Gottesanbeterin, fesselnd, ohne die Möglichkeit einer Flucht. Inka hatte einen Liebreiz, dem man sich einfach nicht entziehen konnte.

Wenn sie jetzt gesagt hätte, dass er vom Balkon die acht Stockwerke nach unten springen solle, vielleicht hätte er es sogar getan. Er befand sich wie in einem Trancezustand. Bastian zog die Kerze am Tisch zu sich und zündete sie an.

Inka verfolgte es aus den Augenwinkeln, mit einem Lächeln auf den Lippen. Ihren eigentlichen Auftrag hatte sie schon längst vergessen. Es funktionierte alles ohne große Anstrengung.

Sie wollte nur noch mit Bastian gemütlich am Tisch sitzen und das köstlich duftende italienische Gericht genießen. Sie konzentrierte sich voll und ganz darauf, eine gute Gastgeberin zu sein. Bastian hatte nichts an sich, was Inka gestört hätte, also war sie bereit für den Test, aber auch für ihn.

„Es ist schön, einen Überraschungsgast zu empfangen", sagte sie ganz aufgekratzt.

Bastian verfolgte Inkas Bewegungen mit wachen Augen. Auch er hatte nicht mehr das Gefühl, über den eigentlichen Grund seines Besuchs reden zu müssen.

In Bastian kam ein schon lange nicht mehr erlebtes Lustgefühl hoch, und mit Essen hatte es nicht unbedingt etwas zu tun. Und der Appetit steigerte sich unwillkürlich noch, wenn er diese Frau anschaute. Was ebenso wenig mit dem Essen zu tun hatte.

In diesem Moment vergaß Bastian völlig, dass er gebunden war.

Er bemerkte gar nicht, dass ihm Wünsche erfüllt werden, an die er schon lange nicht einmal mehr zu denken wagte. Wünsche, die auf Eis lagen, wurden durch das Verhalten von Inka aufgetaut und schwebten Bastian nun durch den Kopf.

Seine eigene Zufriedenheit war eigentlich nur eine Traumwelt, ein hypnotischer Zustand. Was hatte Angelika bloß alles vor ihm verborgen?

Plötzlich entwickelte er wieder Fähigkeiten, die er schon selbst vergessen hatte. Sie kehrten wieder in sein Bewusstsein zurück.

Er benahm sich wie ein Lungenfisch, der vom Regen wieder aus dem trockenen Schlammbett geholt wurde, um zum Leben erweckt zu werden, nach unendlich langer Trockenzeit.

Als Inka die Spaghetti abgoss, konnte er sich nicht mehr beherrschen, stand auf und ging auf sie zu, stellte sich hinter sie und umfasste ihre Hüfte.

„Darf ich behilflich sein?", fragte er, ohne wirklich über den Sinn der Frage nachzudenken.

„Kann ich ihnen die Nudeln halten?"

Bastian war völlig durch den Wind, sonst hätte er nicht so einen Blödsinn geredet.

„Könnten sie sich eine solche Frage von mir an sie vorstellen?", fragte Inka ganz frech.

Dass sie beide plötzlich lachen mussten, war nicht nur Verlegenheit. Bastian fühlte ihre glatte weiche Haut unter dem leichten Kleid und küsste Inka wie selbstverständlich einfach ganz zart auf ihren Nacken. Dazu musste er ein wenig ihre Haare beiseitelegen.

„Die sind ja genauso lang wie die Spaghetti."

Inka antwortete gar nicht auf seine Bemerkung, obwohl sie kurz davor war, lauthals zu lachen.

Ihr betörender Duft verwirrte Bastian dermaßen, dass er nicht mehr eins und eins zusammenzählen konnte.

Der weiche Ansatz ihrer Haare veranlasste ihn, mit seiner Zunge leicht hin und her zu gehen und den weichen Haarflaum von einer auf die andere Seite zu legen. So wie früher als Kind, wenn er mit Hingabe vor dem Einschlafen seinen Lieblingsteddy auf die gleiche Art und Weise liebkoste. Welch ein verrückter Vergleich in dem Moment.

Er träumte dabei vor sich hin und biss fest und zärtlich zugleich in Inkas Hals. Er bewegte den Kopf dabei etwas hin und her, wie eine Wildkatze, die ihre Beute schüttelt.

Wäre Inka nicht für diesen Test engagiert worden, sie hätte selbst einen Bekannten, auch wenn sie auf Zudringlichkeiten dieser Art Wert gelegt hätte, erst einmal vorsichtig in die Schranken verwiesen. Etwas schamhaft, damit es derjenige später noch einmal versucht.
Sie überlegte, das auch bei Bastian zu tun, aber der war so attraktiv, sodass sie es unterließ und für alles bereit war. Bei Bastian war plötzlich alles anders.
Inka konnte diesen Zärtlichkeiten nicht widerstehen und drehte sich deshalb nicht um, als sie seinen zärtlichen Kuss im Nacken spürte.
Sie ließ augenblicklich das Sieb mit den Spaghetti in die Spüle sinken und genoss mit geschlossenen Augen seine Zärtlichkeiten.

Sie ließ Bastian nur zu gerne gewähren, als er langsam mit seinen Händen nach oben glitt, ihre Brüste umfasste und an ihrem rechten Ohr knabberte. Inka glaubte, sie müsse augenblicklich ohnmächtig werden und konnte sich nicht einen Millimeter bewegen.
Alles um sie herum schien zu wanken und ein nicht erwarteter Schwebezustand ereilte sie. Dazu das Gefühl, wie ein Blatt im Wind getragen zu werden.

Alles schien auch noch in einem Nebel zu versinken. Ihren eigentlichen Auftrag hatte sie längst vergessen.

Bastian hatte bis jetzt nicht sehr viel mit Inka geredet, aber seine Hände erzählten ihr ungewöhnliche Geschichten. Ihr war in diesem Moment alles egal, sie genoss diesen Mann und seine Hände einfach nur.

Als sie merkte, dass die Knöpfe an ihrem Kleid von oben nach unten geöffnet wurden, sie dabei ihren Slip abgestreift bekam, ohne dass Bastian davon abließ ihren Nacken zu liebkosen, zitterte sie am ganzen Körper und glaubte, der Boden unter ihren Füßen drohe zu verschwinden.

Bastian drehte Inka um und zog sie ganz fest an sich. Sie verschmolzen in einem Kuss, der beiden fast die Sinne raubte. Es begann ein Kampf ihrer Zungen, der alles in den Schatten stellte. In diesem Kampf war nur Zärtlichkeit und Weichheit, keine brutale Bewegung, keine Vergewaltigung der Muskeln und hektisches Gerangel.

Die sanfte Musik von der CD verstärkte das Verlangen noch und der eine Körper drückte den anderen immer wieder ein wenig nach hinten, um mit verstärkter Kraft wieder Gegendruck zu bekommen.

Es war ein Wiegen der Körper, wie Getreide im Sommerwind. Sie genossen den Sturm ihrer Gefühle und wehrten sich nicht gegen die Forderung ihrer Sinneslust.

Bastian hob Inka sachte an und setzte sie auf den Rand der Küchenanrichte, wobei er ihre Brüste zärtlich mit der Zunge liebkoste.

Mit einem lang gezogenen Stöhnen stellte sich bei Inka augenblicklich eine Entspannung des Köpers ein.

Sie hauchte nur: „Bastian ... was tust du?"

Mit Armen und Beinen umschlang sie seinen Körper. Bastian genoss ihre feste Umklammerung. Mit Wohlwollen gönnte er ihr einen Moment der Entspannung und hielt sie fest umschlungen. Inka drückte fordernd ihren Schoß gegen Bastian, wobei sie mit einem lang gezogenen „Jaaah – endlich" ihre Beine noch fester um seine Hüften schlang.

Seine Bewegungen schoben Inka immer ein wenig nach hinten auf die Anrichte und sie zog, die Fersen in seine Kniekehlen stemmend, ihren Körper wieder gegen den seinen. Sie umfasste dabei Bastians Hals mit ihren Händen und beugte ihren Oberkörper nach hinten.

Er hatte beide Hände frei und nahm sich aus der Spüle, in der das Sieb stand, einige Spaghettis heraus und legte auf jede Brust einen langen Spaghetti in Kreisen um die hoch aufgerichteten Brustwarzen.

Inka ließ ihn gewähren, hatte sie doch so etwas in der Art noch nie erlebt und war neugierig, was da mit ihr geschehen würde.

Die Nudeln waren noch lauwarm, hafteten auf der Haut und fühlten sich angenehm an.

Bastian begann, mit der Zungenspitze langsam die Nudeln zu lösen und mit dem Mund aufzusaugen, immer dem beschriebenen Kreis folgend.

Als er die Spaghetti komplett entfernt hatte, ließ seine Zunge ihre prallen Brustwarzen vibrieren.

Inka war wie von Sinnen und die schneller und schneller werdenden Bewegungen kündigten bei beiden eine gigantische Reise in die Schwerelosigkeit an.

Nach einer kleinen Erholungsphase nahm Bastian Inka fest in seine Arme und zog sie von der Küchen-anrichte.

Mit einem befreiten Lächeln, die Beine immer noch um Bastian geschlungen und fest miteinander verbunden, trug er sie in die Dusche. Das gemeinsame Duschbad vor dem Essen musste jetzt einfach sein.

Der leichte Strahl der lauwarmen Dusche wusch bei beiden den sichtbaren Film der wohltuenden Anstrengung vom Körper.

Duftender Schaum auf ihren Körpern machten Inka und Bastian trunken.

Zärtliche gegenseitige Streichelwäsche verursachte ungeahnte Gefühle. Sie verwöhnten gleichzeitig ihre Pobacken und rieben ihre Körper aneinander.

Inka erweckte Bastians bestes Stück mit ihren Händen zu neuem Leben.

Bastian revanchierte sich mit zartem Spiel seiner Finger zwischen ihren Beinen. Inka spürte die Hitze in ihrem Schoß und schloss die Augen.

Das lauwarme Wasser befreite die Körper vom Schaum und ließ die Haut aufreizend frisch glänzen.

Langsam glitt Bastian mit zuckender Zunge an ihrem Körper abwärts, den kleinen Wasserströmen folgend. Als er auf ihrem Bauch den Punkt erreichte, wo sich nackte Haut und Haaransatz treffen, legte Inka ein Bein über seine Schulter und hielt sich mit beiden Händen an der Duschstange hinter ihrem Kopf fest.

Leicht drückte sie ihr Becken dem vor ihr knienden Bastian entgegen und sog die Luft, zwischen den geschlossenen Zähnen hindurch, laut hörbar in sich hinein.

Sachte streichelte der Duschstrahl ihr Gesicht und sie fing am ganzen Körper an zu zittern, als Bastians Zunge ihr virtuoses Spiel am empfindlichsten Punkt ihres Körpers vollzog.

Inka war völlig außer Atem, als sie fast in Zeitlupe den Hebel der Dusche umlegte.

Das Essen

Inka nahm das überbackene Fischfilet aus dem Backofen und setzte die Platte auf den Tisch. Die Zeit, sich anzuziehen, hatten sich beide nicht genommen.

„Mamma mia" rutschte es Bastian heraus.

„Meinst du das ernst?"

„Was meinst du damit…, mit ernst?"

„Übersetzt heißt das so etwa – meine Brust. Ist italienisch."

Bastian und Inka mussten lachen, er beugte sich zu ihr rüber und gab ihr auf die Brust einen lauten „Schmatzer".

„Natürlich meine ich das ernst."

Er nahm die Karaffe mit dem Wein und schenkte zwei Gläser ein, als Inka an eine Schublade am Schrank ging und ein Handy herausholte. Sie wählte eine Nummer.

„Ich dachte, du hast kein Telefon. Meine Frau sagte, dass man dich nicht telefonisch erreichen könne."

„Ich habe mir das heute erst in einem Telefonladen geholt. Dies ist mein erstes Gespräch."

Bastian wunderte sich zwar, ließ es aber bei seiner neugierigen Feststellung.

„Frau Bannako, ich bin es, Inka."

In dem Moment entgleisten alle Gesichtszüge bei Bastian. Ihn durchzogen Ströme von kalt und heiß zur gleichen Zeit.

„Ich wollte ihnen nur mitteilen, dass es überhaupt keine Chance für mich gab. Es klappte nichts."

Das Handy flog in hohem Bogen durch den Raum auf einen entfernten Sessel und Inka kam auf Bastians Schoß gehopst.

Er war noch immer so konsterniert, dass er nur langsam Worte fand. Inka bemerkte seine Anspann-ung und blickte ihn besorgt an.

„Sag mal, hast du mit mir ein Spiel getrieben? Und was hat meine Frau damit zu tun? Auf was habe ich mich da eingelassen und was meintest du mit - nichts hat geklappt."

„Bastian entschuldige, aber ich musste es jetzt und sofort tun, damit du alles sofort erfährst. Ich habe für deine Frau tatsächlich etwas inszeniert und sie wollte wissen, ob du standhältst.

Frage mich nicht warum, aber ich bekomme von ihr 10.000 EURO, wenn es geklappt hätte, aber auch wenn nicht.

Im Erfolgsfall hätte ich als Zeugin auftreten müssen – für deine Frau - bei einer Scheidung. Ich brauchte das Geld und ich kannte dich nicht, was sollte mir schon passieren? Passiert ist, dass ich mich in dich verliebt habe und dich nicht mehr hergeben möchte.

Deshalb sagte ich ihr, dass nichts klappte. Aber mit deiner Frau ist jetzt wenigstens alles o.k., und du wirst keine Schwierigkeiten haben. Es geht schließlich um eine halbe Million für dich."

„Ach, das interessiert dich wohl brennend."

Als sie Bastian noch erklärte, dass sie das Geld von Angelika nicht mehr haben wollte, hatte sie Tränen in den Augen. Bastian saß da und bekam den Mund nicht zu.

Er zog sich an, gab Inka sogar noch einen Kuss und ging zur Tür.

„Gib mir bitte deine Handynummer, vielleicht rufe ich dich an", sagte er noch im Hinausgehen.

„Und übrigens – frohe Weihnachten. Dein Fischfilet war klasse und eine sehr geschmeidige Gastgeberin bist du auch."

Inka war traurig und überlegte, warum sie sich ausgerechnet in diesem Augenblick bei Angelika melden musste. Ihre Euphorie hatte ihr einen bösen Streich gespielt. Sie hatte sich wider Erwarten verliebt und wollte nicht mit einer Lüge oder einer Art Intrige eine Verbindung zu Bastian aufbauen. Und nun?

Große Zufriedenheit

Auf der Fahrt nach Hause überlegte Bastian, dass Inka wohl kaum telefoniert hätte, wenn sie ihn aufs Kreuz hätte legen wollen. Ihre Gefühle waren sicher nicht geheuchelt. Kühle Überlegung war da nicht im Spiel. Bastian stand kurze Zeit später wieder vor Angelika und war noch ziemlich durch den Wind.

„Liebling, ich bin übrigens bei der jungen Dame gewesen. Du hattest Recht, sie macht einen sehr netten Eindruck. Ich werde sie einstellen. Dem Herrn sage ich morgen ab."

„Na, das freut mich, dass es geklappt hat. Wie war's im Fitness-Center?"

„Ganz toll. Ganz neue Geräte, anstrengend, aber wunderschön."

Bastian verließ den Raum mit einem kaum vernehmbaren „Mamma mia", und grinste verschmitzt.

Angelika wusste, dass ihre scheinheilige Frage nach dem Fitness-Center völlig überflüssig war, sonnte sich aber in der Tatsache, dass Bastian stark blieb.

Sie kostete den Triumph aus und genoss es, über die Vermutung ihrer Mutter gesiegt zu haben. Sie fühlte sich stark, überlegen und unübertrefflich.

Der Triumph über die Mutter gab ihr eine ungeheure Selbstsicherheit. Hätte sie die Wahrheit gewusst, sie wäre sicher vor Wut geplatzt, als Bastian erklärte: „Neue Geräte, anstrengend aber wunderschön."

Angelika schlich sich ins Nebenzimmer zum Telefon, wählte die Nummer ihrer Mutter und flüsterte: „Mama, ich bin's, Angelika. – Ja, heute - also, Bastian kann das Geld bekommen, diese Zeugin brauchen wir nicht, sie hat es nicht geschafft. Ich sagte dir ja, dass ich einen wundervollen Mann habe. Er ist jeden Cent wert. Ich werde Bastian ein wundervolles Weihnachts-geschenk machen. Er hat es sich verdient. Ja, mach ich – Kuss für Vati. Aber natürlich bin ich sicher – ja, froh auch.

Ja, deine Idee war super, hat sich bewährt. Ich hatte eigentlich gedacht, dass du dich ein wenig mehr mit mir freust und dass du mir sagst, dass du dich in Bastian getäuscht hättest.

Meine Freundinnen? Die interessieren mich über-haupt nicht. Du musst dir vorstellen, dass bei einigen sogar die Geliebte des Mannes im Betrieb beschäftigt ist. Und meine Freundinnen sind darüber völlig ahnungslos - die Armen. Und ich kenne die Sekretärin meines Mannes bereits vorher. Und sie wird meine Freundin werden."

Als Angelika auflegte, blickte sie wie eine Siegerin aus dem Fenster und dann in Richtung Bastian, der seltsam lächelnd auf sie zukam.

Er hielt zwei gefüllte Gläser Wein in der Hand.

Er hatte das Telefonat zwischen seiner Frau und ihrer Mutter natürlich mit angehört, da Angelika in ihrer Euphorie nicht darauf achtete, leise zu sein. Aber das wollte Bastian ihr nicht unbedingt auf die Nase binden.

Glücklich über den großen Vertrauensbeweis, ging sie hüftschwingend auf ihren Mann zu. Die Gläser mit Rotwein deuteten etwas an, was mit dem Brustwachstum zu tun hatte und mit weit reichenden Folgen nach dem Genuss. Angelika wusste, was auf sie zukam und war glücklich.

Die Handynummer von Inka hatte er in seiner Brieftasche an einem ganz sicheren Platz.

Außerdem wird Bastian sie anrufen, dass sie bei ihm im Büro anfangen kann. Anfangen muss.

Angelika wird es freuen – und Inka ebenfalls, allerdings aus anderen Gründen - wahrscheinlich sogar.